U0631760

青藏时光

格绒追美 ◎ 著

四川文艺出版社

图书在版编目（CIP）数据

青藏时光/格绒追美著. —成都：四川文艺出版社，
2012.9（2021.10 重印）
ISBN 978-7-5411-3546-0

Ⅰ. ①青… Ⅱ. ①格… Ⅲ. ①短篇小说—小说集—中国—当代
Ⅳ. ①I247.7

中国版本图书馆 CIP 数据核字（2012）第 208093 号

QINGZANG SHIGUANG

青藏时光

格绒追美　著

责任编辑　王其进
责任校对　汪　平
封面设计　李　莎
版式设计　史小燕

出版发行　四川文艺出版社（成都市槐树街2号）
网　　址　www.scwys.com
电　　话　028-86259287（发行部）　028-86259303（编辑部）
传　　真　028-86259306

邮购地址　成都市槐树街2号四川文艺出版社邮购部　610031
排　　版　四川胜翔数码印务设计有限公司
印　　刷　三河市嵩川印刷有限公司
成品尺寸　148 mm×210 mm　　开　本　32开
印　　张　7.5　　　　　　　　字　数　180千
版　　次　2012年10月第一版　　印　次　2021年10月第二次印刷
书　　号　ISBN 978-7-5411-3546-0
定　　价　38.00元

版权所有·侵权必究。如有质量问题，请与出版社联系更换。028-86259301

【目录】

老虎与梦

　　他又一次从梦中惊醒过来，汗水淋漓，全身上下都湿透了，仿佛刚从水中沐浴上来。

　　妻子问他："怎么啦，你怎么啦？"

　　他从床上起身而坐时，嘴里大声地呼叫着什么，手臂重重地捶在了妻子的肩膀上，令妻子疼醒过来。

　　他的心脏乱得没了节奏，怦，怦怦，怦，怦怦怦……像恨不得从胸腔里逃离出去。

　　他不吭声。妻子问："又是噩梦吧？"他只是"嗯"地应了一声，便不再理她。

　　他双眼瞪得铃铛那么大，有些神经质地向屋子四角睃巡。那个场景太逼真了，他还清晰地记得老虎身上美丽而可怖的斑纹，喘着大气扑到眼前时那一根根金黄色的胡须，以及喷在脸上的气息。他们是在青冈林中迎面撞上的，双方都迟疑了片刻，紧盯住对方，然后他的恐惧从心底升起，再铺天盖地地把自己淹没了。于是，他转身夺路而逃。树林间的枝叶在双手拨动中向后一闪而过，他感觉大地在脚下像奔腾的河水般流动起来，这时，他听到了一声虎啸，接着是大地"砰"然一抖，然后，敲击大地的声音隆隆摆动。他明白老虎从身后追赶而来。他时而被枝丫挂住，时而脚踝一歪，跌坐在地上，他揉着脚脖一边呻吟一边逃跑，当他冲出林子奔到草地上时，在能远眺到山下村庄的地方，大地在脚下轰然塌陷下去。下坠的过程中，从深渊中呼啸而来的一股气立刻将他卷走了，他"啊啊啊"地狂呼不止。这时，他看到了山脚下蓝盈盈的海子，以及海边的石头路。他一边祈祷一边把手脚伸张，终于，他攀住了一块断石的边缘。正当他庆幸自己摆脱了老虎，求生有望时，一仰头，老虎正坐在面前：硕大的头一摇晃，便张开了血盆大口……他失手坠落了下去。

他披上衣裳坐了很久，心脏渐渐恢复了平静的搏动。他自我安慰道："这不过是个梦罢了。梦嘛，人一醒，像幻影般，一切都消失了。"说是这样说，但他再睡下时，却怎么也睡不着了。那一切多么真切，犹如实在的世界，他的经历是如此真实，让人无法将它忘却或看轻贱了。

后来，他又梦过无数次老虎。有时，老虎仍在追赶，他没命地逃跑，有时，他完全落在老虎的双爪之下，被老虎血淋淋地撕开时惊叫着醒来；有时，他躲在树上，老虎仰头候在树下；有时，他的脑袋被老虎咬了下来……

妻子嘲笑他胆小。有时候，他大声地呵斥："你做一做看！"妻子撇嘴道："可以呀，梦醒了，就没什么害怕的。哪像你，神经……"见丈夫怒目瞪眼的可怕样子，便闭上了嘴巴。而他，失眠越来越多，恐惧也越来越深。

就在他的神经日渐脆弱，人也变得愈加消瘦的时候，他遇到了一位智者。

几年后，他的神情大变。据说，他还常常梦见老虎。但是，他与老虎和平共处，甚至是他日渐主宰了老虎。他游戏老虎，有时骑着老虎四处旅游，抚摩它，有时与老虎一起睡觉，有时还拔老虎的胡须。在梦的世界里，老虎变得温良，他也变得自在了。

妻子觉得奇怪，问他怎么不做噩梦了。

他笑而不答，逼急了才说："一切都不过是游戏。"妻子白他一眼，不知道他说的什么胡话。

有人问他："那个老虎到底是什么？或者有什么象征意义吗？"

他笑容可掬地看着提问者，并不作答。

那人终于自问自答道："死亡？或者是无常？"

糌粑口袋

牧人阿珠眼看自己的糌粑口袋空了，心里开始焦躁起来。他在草滩的溪水边烧茶，正要吃饭时，那个满头长发的人又来到面前。阿珠还是热情地请他喝茶——自己的碗胡乱地在溪水里洗了一下（当然是自己先喝过茶之后）。他还把口袋倒过来将剩下的一点糌粑也抖空了：那流浪汉（他在心里这样称呼）用手端正碗，接迎稀薄的糌粑，而眼珠骨碌碌盯着他的口袋。糌粑断断续续地从袋口流出，像草原上开始飘起的最初的那些零落的雪花。吃吧，别客气，阿珠说。那人埋头就吃，似乎并不懂得客气一下。看他一副饿慌了的样子，阿珠忍不住笑起来。然后，两人照例开始寒暄。地面的花朵正在时令中一点点变得灰暗，凉爽的风无情地嘲笑着它们远去的青春。

你这口袋做工真的有些特别呢，流浪汉说。

阿珠想笑，却也抑制住了：一个陌生人竟然恭维一只口袋，真是好笑哦。

那人嘴边掠过浅浅的笑意。

我还要走很远呢，阿珠说，你要到哪里？

我没有目的。

阿珠麻利起身，去牵溪水边啃草的坐骑。流浪汉把长发朝后甩甩，也跟着站起来，屁颠屁颠讨好地跟过来，双眼里柔光盈盈。

当阿珠埋头收拾茶具时，那流浪汉突然说：

大叔，你把口袋卖给我吧？

阿珠诧异地看着他。随即哈哈大笑。

你买口袋干什么？

那流浪汉也笑了，然后镇定地说：我在收藏藏族的生活器具。

阿珠感到稀奇。于是，流浪汉就展览、宣传、文化意义之类的给阿珠说了一大堆。令阿珠觉得更加莫名其妙。

阿珠说，我送给你得了。

流浪汉说：不不，我还是买。

阿珠变了脸色，说：那你给多少钱？

流浪汉还了价：十元。

阿珠佯装生气的样子说：不行，除非你给一千元。

这下轮到流浪汉瞪大了眼。先还送我，这一下漫天要价，莫非他看出什么了？但看阿珠的眼神并不像。于是，流浪汉再次稳住阵脚。他先还价三百元，而阿珠以游戏的心态死咬着说必须给八百元，后来两人终于谈成五百元。当阿珠接过五百元时，心里还在自问：你为一只破口袋真要收那么多钱吗？见流浪汉一副并不心疼钱的样子，便一狠心揣进怀里。

当阿珠骑着马翻过草坡，回头眺望时，只见流浪汉站在溪水边手里摇着口袋嘴里用汉语呼号着什么。这时，一道五彩的虹光围布他的周身，连溪水都映得波光粼粼呢。阿珠抖抖缰绳，双腿一夹，嘴里吆喝道："跑呀！"坐骑立刻耸耳扬蹄，载着扬扬得意的主人，像箭一般射进另一片草海。

多年以后，阿珠到拉萨朝圣，有一天看到一座建筑物前人山人海，他便也好奇挤上前去，当那些领导剪上一段红绸之后，人们都拥进屋去。他终于在一个玻璃框前停住了脚步：那不是那个长发流浪汉吗？我的照片怎么也放在这里？再看，见照片旁边的柜子里放着一只翻外的口袋。下面的标价，令阿珠刹那间目瞪口呆：二十万元。

当他走出展览厅时，只觉得外面的阳光迷离恍惚，而自己似乎置身于一场梦中，脑袋里嗡嗡地喧鸣着许多庞杂的声音。

他从讲解员的口中了解到：那是个神奇的口袋，是用金丝银线绣成的，世间独一无二。

名　声

翁卓家的小孩来村小上学，因为是亲戚，所以每天都来我家吃午饭。

这小孩虽然只有七岁，但完全是一副小大人的派头，总说出大人的话。或许，时代催逼早熟，抑或是因为每天听大人们的唠叨熏染之故。这一天，他用心地写了拼音、汉字和藏文作业后，又像大人一样说起家里的事。说他们家现在也还算可以，房子装修完了，在河谷里算是豪华的了，但现在差一辆车子。他说：

"你嘛，有了一辆小车。你们家买小车时，全定姆河谷还是有了名声。"

"你们也买一个啊。"

"但是买了也没有意思。"

"为什么？"

"现在有车子的人太多了。"

"买一辆大的。"

"大的，已经有很多家买了，再买都没有了'名声'。像你，定姆第一辆小车，听着多响。"

"那你们家买一架直升机噢。"

"飞机?"

"是啊。你再用圆根装上轮子。停在院子里。"

小孩子凝思片刻，然后问我："圆根？不会被猪吃掉吗?"

我忍不住哈哈大笑……

可怕的医生

　　赤列医生又迎来一个上门看病的人，心里很是高兴。他忙不迭地用听诊器细心探听，又搅动尿液，瞪眼细瞧，生怕漏过某个尿泡的变化，然后又是把脉，认真询问病人的症状，最后，从药箱里取出一瓶瓶药……

　　女病人很感动，赤列何时变得这样慈爱周到了？可是，女人的眼光分明又有些躲躲闪闪，泄露出几许怀疑的心思。赤列见了，内心立刻不安起来。

　　病人终于还是憋不住疑问，有些羞怯和不好意思地问道："阿木（叔叔之意），这些药真的可以吃吗？"

　　赤列正包着药片的手突然停住了。一丝颤悠沿着手臂，像电流一般窜过，直达心尖。赤列明白，关于自己的传闻真是铺天盖地了。赤列医生当着病人的面，打开了包药纸，然后从所有不同的药片中各取出一粒，掬在手心，说："你看着噢。"一张口，把药片倒进嘴里，再灌一口水，喉结上下一滑，药片全吞进了肚子。女人见这样，嘴里道："阿木，这……"赤列张开了嘴巴，女人发现医生眼里隐隐闪着泪花，医生说："这下，你可以放心了吧？！"女人想辩解什么，赤列制止了："你就安心吃我的药吧。我不会下毒的。"女人领了药悻悻然走了。

赤列的女人干农活回来，赤列给女人说起此事。女人先是骂那些造谣的人口舌生疮，全身灌脓，暴病而死，接着哀怨地哭起来，骂赤列没有血性骨气，世上哪有像你这样当医生的，还得吃病人的药，那你还不得吃成病人，干脆吃死算了。"嗯嗯，你怕什么？我就不相信，全村人都不得病不需要看病，我看他们能熬到什么时候！嗯，嗯嗯，你这个可怜的医生。"

男人知道女人也委屈，便任由她发泄，发泄完就好了。

也不知道莫名的风起自何处，又因何而起，关于河谷中几户人家放蛊的说法不胫而走，而且越说越变得有板有眼了。有人说，赤列家放蛊是某活佛开示的，因为高僧邓朱吊过点滴之后，病情突然恶化，口鼻流血，肤色变黑，身子急剧消瘦下去。赤列的女人上门兴师问罪，当然，双方都无凭无据，活佛要求对证，女人只好哑了口。疯传的是，赤列和几个男人到拉萨朝圣时误闯进一户施蛊人家，无奈之下，每人只得带上蛊药，否则难以脱身。于是，河谷里的村寨又陷入了古老的迷幻般的雾蒙蒙氛围，既让人提心吊胆，又似玩火般稀奇。古老巫术认为：如果施蛊于高僧大德或者财富权势拥有者，以及声名远播的人，那么他们的福运会迅速转聚到施蛊者的家里。有人绘声绘色地说：你在粮柜上做个记号，成功施蛊之后，那人一亡，柜里的粮食只见噌噌地往上拔长。当然，放蛊得秘密进行。有了赤列放蛊的说法之后，病人先还寥落，最后完全没了病人。赤列百口难辩，却又毫无办法。日子一天天过去，卫生局下达的任务眼看无法完成，赤列心急如焚焦躁难安。没完成任务也就算了，可他怎么洗清自己的罪名呢？

就在绝望之时，这个病人从天而降，他哪里能轻易放过？这是自己绝处逢生的机会，也是洗清罪名的时候！

几天之后，女病人再次来开药。不久，女病人完全康复了。

接着有了第二个病人。赤列医生当着病人的面自己先吞下病人吃的药片。

之后，有了第三个，第四个，于是，有了更多的人上门来看病……

据说，赤列医生至今还在坚持他的做法：病人的药，他必先尝服。有人说，其实医生完全是吃上了瘾，他本不必如此。有同道听后，连连摇头："真是太可怕了！"也有人说，如果医生某一天不吃药了，那放蛊的说法就会再次泛滥开来……

智者与吝啬鬼

有一个出名的吝啬鬼，有一天找到智者，求问克服吝啬的办法。

智者问他，你怎样吝啬呢？

那人回答说，我连一根针都不愿借给人家，怕针尖磨耗；一碗茶也不愿让来客喝，那要浪费掉我多少柴薪、水、盐、茶，而且碗让人使用也感到心疼；有时，我宁愿不吃不喝，这可省下多少粮食哟。

智者哈哈大笑。

吝啬鬼问道：你笑啥？

智者说：你又浪费了多少口水啊，如果连话也不说，那不更省事？

吝啬鬼脸红了。

智者说：你的心思都跑到脸上去了！如果把心思都省下来，那你会更富有。

吝啬鬼虔心求教智者。

智者说：你想克服吝啬，这说明你本身不是太吝啬。这样吧，你从左手和右手开始训练。

左手和右手?

是啊，你把一件小物品，从左手交到右手，然后右手又回赠给左手。当两只手都变得慷慨时，你再把小礼物布施给家人、身边人。当你送出小礼物时，心里不觉得难受，反而感到快乐了，那时候，你再来找我。

当右手拥有一只碗之后，他指挥右手交给左手，可是，右手并不听指令，于是，左手狠命地去抢，右手便把碗丢在地上。两只手同时伸出去抢夺，右手又快了一步，这时，左手一点也不客气，扑上去抓扯，这样，好玩的事情终于发生了：两只手打得不可开交，纠结扭缠，拉、扯、抓、挖，一切手段用其极致，最后落得个两败俱伤，伤痕累累。看见这样，他的泪水哗哗流淌下来。当他命令相互敷药时，两只手终于和平相处了。在被子里，还相互攥握在一起，像两个同病相怜的兄弟。可是，第二天，当左手拿到一只烧饼，他让左手交给右手时，左手又不干了，于是，右手"啪"的一声将饼子打落，左手也不甘示弱，狠劲回击，右手赶紧闪躲。很快，又举至头顶，欲打将下来，左手见之，也赶忙把手藏在身后。他终于忍不住哈哈大笑起来。两只手都变得很不自在。他命令牙齿去咬左手，左手上留下了一排齿痕，再咬右手，右手上也烙下一排印痕。他说："这下，你俩满意了吧?"两只手抖动起来，像是感到羞愧。合十祈祷，他说。两只手终于听话地连在一起。这时，他似乎听到了两只手的絮语，血脉间的亲情也回来了。晚上，两只手在睡梦中相互交握在一起。早晨，他见了这情景，嘴边挂起一丝欣慰的笑意。

这是一个新日子的开始。两只手终于学会相互施舍了。而且还显得十分客气。

一年以后，吝啬鬼来了。满心欢喜的样子。

智者说，看来你很有收获啊?

吝啬鬼喜不自禁地说：真的十分感谢你。我现在觉得很开心。我每天尽可能送一点东西出去。刚开始时，我的两只手都不听话，当左手交到右手时，左手觉得难受，当我让右手转送给左手时，右手又不听话了。最后，我只好让它们打架吵架，然后共同去拥有一件东西，两只手这才和平共处。一个月以后，两只手礼尚往来，而且变得慷慨起来。从那以后，我的小东西渐渐也能送给别人了。

那你现在没有问题了？

有啊，我送出的小东西多了，别人又叽咕我吝啬，说，谁稀罕那些小东西啊？值钱的物品，我还真舍不得送了。

智者说：这样吧，你把我屋子里的东西当成你的，送给别人好了。

这怎么行？

你先把这件皮袄送出去吧。智者把围裹在腰上的皮袄递给他。

那人有些羞愧地退身而出。

路上，他看见一个衣衫褴褛的老大娘蜷身在一块岩石旁，瑟瑟发抖。

他走过去，把皮袄披在老人身上。老人连眼睛都没睁，攥紧衣襟，把自己裹得更严实了。回到村子，他逢人就说自己慷慨地送了一件值钱的皮袄，不信，可以去看看，那老人在……不久，村里的穷人向他讨要粮食或衣物。他匆忙跑到智者的修行屋里，拿了东西就走。当他逐渐有了好名声之后，来的人更多了，甚至有从遥远牧区来的穷人。可是，智者的屋子里已经变得一贫如洗了。智者见他一脸沮丧，便说："如果可能，你把我施舍出去吧。"他双眼瞪着智者，神思凝重，然后绽开笑容，跑了出去。

他真把智者施舍给了一个远方来的穷人，让他去当一个月的用人。智者微笑着跟那个人走了。

一个月之后，智者又回到自己修行的屋子开始闭关修行。

他前来见智者时，智者已经闭关。

他久久地跪在智者修行的屋前，磕头、祈祷。

村里人看见，他每天早晨中午两次准时把做好的饮食供在闭关屋的小窗口上。他对侍从说，智者闭关期间的饮食由他供应，请务必给他这个机会。

智者出关之后，听说吝啬鬼已经把屋里的重要物件都施舍给了穷人。他获得了"穷大方"的好名声。

许多年之后，他又来找智者上师——他们已经建立了师徒关系。禀报他已破了"我执"，也突破了实相观念。请求上师传授更深的智慧道法。上师说，你真是有天分的弟子，那么快就生起了"空性"体验。吝啬鬼哈哈笑道：是啊，不然，怎么连你都布施出去了呀。智者笑了：那就留在我身边吧，咱们共同切磋佛法之道。

传说，这位著名的吝啬鬼圆寂时，地动山摇——温柔地、和缓地，然后升起彩虹。七天之后，他像上师一样虹化了，化成了七彩光，"自我"完全消融，汇入了空碧的宇宙。

饿鬼与食物

那只老饿鬼很不客气地嚷嚷道："你快一点给食物吧。我等不及了。"

另一个饿鬼也呼叫："怎么那么晚才给食物？咻咻。"

于是，所有聚集在周围的饿鬼们都"咻咻"、"嗦嗦"地叫嚷起来。

向秋喇嘛一边念着咒语，一边往纯金打造的器皿里装上食物。

饿鬼们争相拥挤而上。

向秋喇嘛见这样，便大声地念诵咒语，听见咒语，一些饿鬼变得安良了。喇嘛又向转眼间变得空空的金碗里放上一些食物。饿鬼们又呼的一哄而上。吃完可怜的一点食物之后，饿鬼们转身飘荡而去。一只被挤倒的老饿鬼落在最后，向秋喇嘛用悲凉的眼光看着他，说："你别忙着走，我再给你一些食物吧。"老饿鬼毫不客气地说："你快一点，我还要去领受贡嘎的水食子。"老饿鬼一吃完食物，便飞一般飘走了，并不感念他的情意。

向秋喇嘛觉得迷惑了：贡嘎喇嘛的食物到底有什么殊胜的？

于是，他向别人打听贡嘎喇嘛的情况，并按照路人的指点，终于攀到了贡嘎喇嘛的修行岩洞前。

贡嘎喇嘛还在闭关。他看见侍从或供养者搁置食物的小窗子外的石板上，放着半个核桃壳，里面黏着一点糌粑的残渣。看得出这是供养给饿鬼和精灵们的食物。

　　第二天，饿鬼们准时来到。埋头抢食完食物，又慌慌张张地走了。

　　又是那个老饿鬼落在最后。他独自享用了加添的食物。

　　向秋喇嘛见他吃完，便问他："你们为何都那样争先恐后地去领受贡嘎喇嘛的供养呢？我看，那儿的食物少得可怜。"

　　老饿鬼说："你不知道，所有高原上的饿鬼都去领受他的供养呢。"

　　"难道他的食物与众不同吗？我看不过是一点糌粑，或几粒谷子呀。"

　　老饿鬼说："你不知道，如果不能享用到贡嘎喇嘛的食物，吃得再多，还是整天挨饿。"

　　"就那么一点食物怎么够呀？"

　　老饿鬼说："我得走了，不然又要挨饿。"转眼间，老饿鬼从他面前消失了。

　　向秋喇嘛感到一丝失落和迷惘。

　　有一天，向秋喇嘛早早地将食物供在金碗之后，来到贡嘎喇嘛的修行岩洞前。

　　向秋喇嘛果然看见从四面八方赶来了无数的饿鬼。贡嘎喇嘛走出洞外，伸手取过核桃壳，向里面放了三五颗青稞。这时，他惊奇地发现，贡嘎喇嘛满眼泪水，泪水滴答地滴进核桃壳里。而无数的饿鬼仍不见首尾地赶来。

　　贡嘎喇嘛的泪水还在滴答而落。而饿鬼群空前地安良和有秩序。前边的吃过了，退身出来，后面的紧跟而上，最外围的也装出吃东西的样子。最后，每个饿鬼都在俯身享用，而且每个饿鬼都是一副肚饱心悦的样子。

向秋喇嘛看得呆了。

他终于明白了贡嘎喇嘛食物的非凡之处：原来，贡嘎喇嘛以从无限的悲心和慈心里冒涌而上的慈悲之泪供养了饿鬼精灵们！世上还能有比这样的供养更好更大的殊胜食物么？

没有啊！向秋喇嘛像是对自己也像是对饿鬼众生们说。

巨大的慈悲之心和慈悲泪水的供养像太阳的光芒，遍照一切，令饿鬼们享用不尽啊……

乞　讨

　　我们在音乐茶楼里正喝着茶，一个瘦弱的男人突然来到面前，他用哽咽的语言诉起苦来。从他断断续续的叙述中，我们大概听出：他与跟在身后的女人一同到昌都打工，老板不给工钱，还将他们赶出来，现在他们没有回去的路费，此刻还饿着肚子呢。他用手背拭着眼睛，从眼里不时掉出几滴泪水来。他还用眼睛示意女人也过来。可是女人呆呆地站在远处，甚至对他也露出一种审视的目光。几个人争着掏腰包，很快他就有了几十元钱，当然，大家不忘问他的来处等情况，并告诉他虽然不知道他说的是否真实，但还是相信他一回。他收下钱，道过谢后，又到其他几座乞讨起来，看别人无动于衷，便也不再挤眼泪了，很快转移了目标，但都没有收获，于是他匆忙走出了茶楼。我说，你看人家多聪明，你穿着藏装，一看就是藏人——普措今天穿着藏皮袄——而你看起来像个活佛，——我把目光转向翁吉，他大腹便便，更是一脸佛相。两人都说，看他声泪俱下的可怜样子，也就给了吧。

　　乞讨者走到门口，脸上顿时乐开了花，他说：你看藏人是不是好骗得多？又拿眼瞪着女人：如果你也来哭一下，今天的收获更大了。女人说：你真没有良心，人家好心施舍钱，你还好意思说出这样的话来。男人脸上露出无赖的笑意……

乞讨者走到街头，便带着女人钻进一个小吃店，各要了两碗大肉面条，两人眼里燃烧着饥饿的光芒，面条一端上来，便口舌生津，狼吞虎咽地吃起来，那呼噜噜的声音引来了服务员鄙视的目光。乞讨者和女人走出小吃店时，感觉世界又一次在眼里变得美好起来了。男人心想：那几个藏民多善良啊，如果以后有报答的机会，一定要做做善事，救济那些贫困得像我们这样的人。他的女人想：我自己的同胞何时变得这样麻木了？看他们的样子完全不相信人，一副拒人于千里之外的神态，还是山里人善良啊！

我坐在茶楼里，这样想象着他们的情景。或许，这想象已算是美好的了，因为人心的深渊时常超越我的想象能力，常常令我感到无助和悲凉。

当我走出茶楼时，康定的冬日正拖着它黄色的袍子缓缓地翻山而去。我的心境感到了一丝寒意。

不知道什么时候，我的心也已经变得冷硬了——因为我也像其他茶客一样冷冷地看着"表演"而无动于衷。

异　象

　　我有一颗藏人的心灵，敏感而又宿命，多情而又自在。当我徜徉于雪域文字时，我发现天空低垂于我的心头，它总是与大地一起给我一些奇异的征兆，让我体味内心深处和命运的另一种声音。照例，在高僧大德或某个杰出人物的出生描写中，你总能读到关于吉祥异象的生动文字，这让人产生一种亘古怀想，人与大地、天空甚至一朵云彩、一道彩虹和一朵花都是气息相通的，它们与你的生命息息相关，并为你的生命献上缤纷的花环。这几乎是藏人普遍的心理。感觉已钝化了的现代人总是自认为高人一等，对那些文字和听到的关于藏人的奇异传闻总是嗤之以鼻，一副高高在上不屑一顾的样子。

　　在生命的旅途中，藏人还喜欢根据缘起来决定事情，如果缘起不好便会放弃，或者改弦更张。巴活佛此生找了一位空行母，生有两个儿子，现在都已认证为活佛了。因为是宁玛派，而且据说他还肩负在康南寻找活佛转世灵童的任务，所以他是被允许纳妻的。在说到他与这位空行母的缘分时，有人告诉我，其实巴活佛上世与她就有缘，可是，当巴活佛带着侍从到达空行母家里时，空行母已经到山上放牧去了。两人走到一条谷口，巴活佛知道空行母就在谷里放牧，活佛对侍从说："我们在此生火烧茶吧。"那位口无遮拦的侍从说："你疯了？我们才走多远啊。刚才在人家屋里不是才吃了吗？"活佛叹息道："缘分之柱倒了，我们走吧。"侍从拿手掌嘴，说："看我这黑嘴。"又辩解道，"你没告诉我，我也不知道哟。"因此，巴活佛与空行母那一生的缘分就这样风流云散了。传说，当巴活佛在神山修行到八十高龄，头发像雪山一样白时，那位空行母找到了活佛，可是她此生已经走到夕阳下山之路了，于是两人便约定下世再续前缘。按当地的说法，巴活佛纳空行母有利于他自身的修行，更有利于活佛转世系统的延续，从而使佛法传承之链生生不息地接续下去。

藏人的心理结构里，梦也是一个重要的生命象征物，梦里总是显现一些预兆或某个精灵发出的警告，活佛或卦师卜卦时，梦示是其中最为重要的参考之一。关于梦，藏人的探究十分深刻。莲花生大师对于梦，也有一篇精彩的开示。关乎自己的前路，我也喜欢寻找缘起或奇异的天象，可是，可能是因为我实在太平凡了，总也寻不到一些非凡的征兆或梦示。就连我的出生，我愚钝的母亲竟也说不出当时做的吉祥之梦，这使我沮丧至极。然而，当我依循文字接通了祖先的心灵道路之后，我的心境渐渐开阔了起来。祖先的面目、血液里的声音、他们的梦想，我都能手触耳闻鼻嗅。对我此生来说，这已经是最好的缘起，最吉祥的征兆了。

我突然间感悟到：自己擅长书写的天分是雪域日月山川的一种良好缘起，是天地间一道最亮丽的彩虹。

心 的 幻 象

　　童年远去，连山高水长的记忆都散淡了。回望来处，只是一片模糊而又在心底依然清晰的景象。天地寂寥，心里感到一种揪心的痛楚。是什么呢？又是为什么呢？是因为我们无法阻止太阳的落山，流水的永无回返，还是岁月把我们一次次带到未知的境地，而衰弱的迹象在我们身上蔓延开来？啊，这一切在由谁主宰呢？我们人类像是陷入一场游戏无法自拔，而游戏每天仍在继续。我的心又隐隐地生疼了，那是时间之疼，是脚步之疼，是岁月之疼……

　　当我什么都不是的时候，我不知道自己在哪里，以什么样的形式存在着。空无，像一缕风，或像一束阳光，在何处飞扬？当我不具肉身，甚至还不是一滴血液的时候，我以什么来生活？当父母云雨的时候，我怎样选择此生的父母呢？可曾有红白两束菩提光芒照亮了生命的河流？当父亲无数个精血中的某个精子和母亲的卵子以某种方式相遇时，可曾爆发惊天的爱和生命的火花？生命的欢畅可曾抵达深心里？当我在母亲温暖的子宫里一点点具形一点点成长的时候，我可曾有清晰的感觉？抑或只是一片迷茫混沌，如同天地初开之态？啊，我似乎看见自己如拳头大小落地时娇柔的样子，听到了一声声历经地狱般的恐惧和疼痛后来到人世间的悠长尖锐的哭声——那一切在我的潜意识中都留下烙印了吧。我又看见自己肥嘟嘟地在地板上爬行，外公将我高举在头顶说：我孙子长得多快啊——而他不久就离世走了。我看见自己走进瓦房，开始了汉语的学习；身子拔长得瘦弱却活力四射时，我走出大山，眼界随之开阔。是的，我还看见自己在城市中奔忙的身影，看到自己无助、茫然而又不甘的神情，看见自己最终驻足在环山的小城里，身陷日夜缠身像流水般的俗物琐事中拔不出脚来，像一滴水汇入大海，在城市的滔滔人流中失去了自己的声音；看见病魔像一件衣服披在身上而又最终嵌进肉里难以脱身的困境；看见我得意时的张狂，失意时的落寞，亲情之爱和心间仇隙在心灵里激起的浪花；看见我走在青春的末路上，心里却怀着飞天的梦想，而衰朽暮年的阴影飘浮而来……

来了来了，无迹如风，像漂泊的云朵；去了去了，像人生的脚步，像梦的空蹈，像心的影子。

啊，人人心中有个魔镜。所有的功名成就，如同滔天幻梦，无论是立地成佛，还是直上天堂，无论是快乐还是悲伤，苦闷还是欢欣，无论是童年还是青春年少的影子，无论是老眼昏花还是冰雪聪明，这一切都不过是心之幻象。

当又一个冬天降临的时候，我站在康定的山坳里作心之旅的飞翔。

啊，一切都不过是心的幻影。人世间的景象如同一枚石子丢进湖泊，荡漾起满湖的波纹之后，一切复归宁静，就像天地间什么事情也未曾发生，就像你我不曾来过也未曾离去的样子。

梦的呓语

　　梦是透视心灵的另一种方式，一种沟通白昼和暗夜的虚无之桥，是冠冕堂皇和欲望赤裸罪恶滔天裹合的混合产物，也是心灵能够通达的最为遥远的国度。当我畅游梦境时，我是轻快和灵敏的，也是愚钝和聪慧的。每当我在清晨的黎明中醒来，我总是忍不住去捕捉梦里的景象，再度回嚼那些奇异的经历，有时，甚至堕入恍兮惚兮之态。对我而言，梦之世界是我平凡世界的补充，梦之想梦之语也是我的另一种古老的神秘力量。我本来就是神秘家族的一裔，是神性与魔性皆具的流浪人，因此，时常到梦里流浪——这本身就是我生命旅程的重要一环。我还在梦里让现实里不可能发生的事情真切而生动地化现。在梦里，那些作古的亲人与我们又能共同生活在一起，生之亲情旅迹再度历历重现，这对我的怀念之心是多么大的加持啊。它犹如甘露使我翻然觉醒，增长智慧，同时我因为返回到往昔，重新恢复了青春和活力，像一个年少的人回到爱的国度，令我流连忘返。当然，当神山或天地间的某个精灵，或者家族之魂，想要托梦给我，或者给予我启示时，梦也在扮演着另一种身份，它以先知的形象出现，让我对尘世生活有了几分预感，心灵有了些许准备，在现实的荒唐上演之前能够先行一步，使自己有了圣人的气质。在天地之间，心的禅定之力是我终生追寻的，当然也是难以达成的，就像雪山也无法永恒地莹白——地球的暖流正在摧毁着关于雪山不老的神话——梦里的天意之光，使我的心灵变得丰富多彩。它是我的文字得以保存空灵的第三只翅膀。然而，不可否认的是，如同现实制造秽行罪恶一样，梦工厂也源源不断地产生各种垃圾，它使我们的心灵时常污秽不堪，心灵的天空阴霾连绵。作为神秘家族的后代，母亲们对此顶礼膜拜，常常把灵魂交付给它，甘愿被蹂躏，反而把自己的主人身份忘掉了。当它把僧人的许多法事都吞咽干净之后，梦之翅这时又微笑着熠熠展开，给虚幻世界带来明净的天空和耀眼的太阳。母亲也会觉得自己赢得了一场胜利。我是一个捕梦者，一个出入梦境内外的藏人，一个用文字记录梦游历程的歌手，可是，虽然我看似被它奴役，却是我自己和梦的主人，对天地而言，我是自由的精灵……

我还想说，在雪域到处都有捕梦之人，描画梦相之人。一些修行者还执著于法力在梦境里修炼，那被称作梦瑜伽，总有一天，或许能成为一种时尚和舞蹈……

在我的一个梦里，莲花生大师曾预言：你终将承接到神秘家族的最后衣钵，成为一个游走于阴阳两界、虚幻和尘世之间的最后诗人，像一个以血肉为衣裳的护法之神。我期望这成为我此生真实的归宿，而不是梦的又一次欺妄之语。

鼠　宴

老鼠举行家宴，邀请老猫参加。它是因为听了一位高僧的讲经，才决定化敌为友，爱敌如己的，大家从此相安无事，平安相处。

老猫睁着绿眼，看见一大家子鼠类齐聚在一起，心里感到十分高兴。但它还是装作镇静的样子，并没有露出痒痒的利齿来。

老猫坐在位于中心的位子后，鼠父发表了热情洋溢的欢迎词，令老猫感动得泪眼蒙眬。老鼠们也唏嘘不止。那场面极为感人。老鼠们终于相信和平的时代来临，并且有了从此自食其力的打算。

老猫醉了，鼠母鼠父也跟着醉了。老猫与鼠父开始称兄道弟，至深夜离别时分，还恋恋不舍。

鼠父执意送老猫兄弟回家。

半路上，鼠父问老猫：高僧也给你讲经了吗？

老猫问：你说的是哪个高僧啊？

还能有谁？不就是我们家里的高僧么？他讲得多么动人啊！所以……

老猫哈哈大笑，道：人家说我也是半个高僧呢，每天睡在灶塘边时，满嘴念的都是经文喽。

鼠父更加放心了。一直把老猫送到家门口……

第二天，高僧出门，见门口躺着一只肥硕的老鼠，心想：那只懒猫也终于学会杀老鼠了。他左手捻着佛珠，嘴里念着经文，弓下身子，右手提着鼠尾，把鼠尸抛到院外。老猫见了，嘴里说：喵呜，喵呜，这是我昨天杀害的呢。高僧却听成："嗡嘛呢叭咪吽……"

鼠类没见鼠父回来，便相信是被猫兄弟挽留了，于是，派大儿子去接父亲，大儿子没见回来又派二儿子去接，就这样，它们一个接着一个走进了老猫嘴里，有去无回，终于只剩下了鼠母。

鼠母藏在黑暗的角落里，吱吱吱地呼唤家人。屋里寂静异常。

老猫听到鼠音，便温柔地回应道：过来，过来呀！

鼠母蹑足从门后走过时，一脚踩在了自己丈夫的尸体上。当她看见丈夫脖子上的血迹后，咕噜噜转身溜走，一到门边，从门后的垃圾洞里奋不顾身地跳下去，在楼底的畜圈里翻身起来之后，又继续没命地逃窜……

传说，猫们依然冒充着半个格西，慵懒地躺在灶口，接受人类的供养；

传说，老鼠们从此与人为敌，盗窃的本领越加变得高强无比；

传说，人类依然相信某一天众生都能和平共处，不再相互仇视和攻击。现在，世界各地仍能看到高僧们布道的忙碌身影……

空无与名声

当心灵变得空无一物时，一位写作者却硬逼着自己坐到电脑前。他蹙着眉头，双手停在键盘上，他想敲下几个字，心里依然空空荡荡，什么想法也不曾涌现。他再一次问自己：我到底要写什么？回答是"不知道"。继而他自问道：那为何要写作呢？他尴尬地笑笑。索性他又一路追问下去：那你每天逼迫自己又是为何呢？目的何在？为名利还是所谓的高尚的责任感使命感？那你是想讲故事？而且内心有不得不讲的冲动吗？——答案都是否定的。当他把自己逼得没有退路时，他终于害怕了，他看见自己写作的"信仰"面临着空前崩溃的灾难。啊，我为什么不放过自己，为什么这样驱使自己，像牛一样负重前行呢？他找不到出路了。他无奈地摇着头，陷入沉思。窗外，一丝风也没有，天地在混沌中显得静谧无语。心灵的旗帜耷拉着头，像一只寒鸦，黑暗、阴沉，甚至有一点无助的愤怒。当他下决心从此不再写下任何文字时，心灵却又活跃起来了：难道就这样没有任何追求地度过此生吗？另一个声音即刻不怀好意地问：那就是说你把这个作为所谓的追求？既没有宏大的构想，又缺乏才气，这不是自欺欺人吗？是为了愚人的安慰？写作者越来越烦躁。他站起身离开电脑，在屋子里踱来踱去。他越来越不明白自己了。他越加看不清自己的内心了。我到底该怎样做呢？或者，我已是一口枯井，一棵朽树，江郎才尽了？这时，整个城市突然停电了，他心底有了一丝欣喜，仿佛它为自己解了难处。不久，电脑里出现电力不足的提示时，他更有了全然解脱的消受。电脑已经自动关机了。他觉得眼前一黑，栽倒在了地上。从此，他成了一个有名的文化病人——每年写出了大量前卫的文章，令评论家和读者都摸不着头脑，读得浑浑噩噩，但却没有一个人说自己不懂，大家都在不懂装懂。他在心里暗暗发笑：我自己都不懂，别人怎么会懂呢？他像发疯一样胡乱写下的东西本身就是疯狂的，毫无意义的，是自己逼迫自己完成的没有任何意义的作业而已——而所有人都开始追捧他。

莫非大家都成了疯子？

他依然装疯卖傻，在文坛上混迹了十余年。直到有一天，他遇到了一位智者——那是个没有名气，没能发表几篇文字，没有几个人知晓的老人，却是让他感到敬畏之人。他问智者：为什么我没有写的呢？智者说：你怎么没有写的呢？你不是已经写了数百万字的大作吗？他听了哈哈大笑：难道你也觉得我写下了很多东西吗？智者见他并不疯狂，便说：人间的故事都在每个人的肚子里，去访问他们吧，每个人的路本身就是一篇文章，何必再在人间制造文字的垃圾呢？他眼含热泪，大声地唤智者：老师，我的老师。

从此，那个人从文坛上销声匿迹了。文坛上再次掀起关于他的文章的热烈争论，他的作品再次畅销一时。

几年后，当他的新作将要面世时，他发现文坛的风向已变了。他从前的作品遭到了空前的抨击……

他再次从文坛上消失了。

据说，他正在研究心灵市场的新课题；还有人说他完全封笔了，转而投身到装殓行业了……

用人的儿子

　　用人的儿子生来下贱。尽管出生时，冬天还打雷，太阳罩上光环，到了夜里，月亮撑起华盖，而且还有许多人看到屋子里充满了奇幻的光芒，但是，仍然没有人愿意把这些奇异的天象与用人家相联系。虽然，有不少人赞美用人的儿子面相非凡，可是，富人家的男主人冷冷一笑："乞丐儿子终归是乞丐。"富人一家不高兴了，便不让用人一家人住正屋外的光地上，直接赶到底楼，与牲畜相伴，用人的父母只好忍气吞声——屋外已是寒风瑟瑟的冬季，不敢露宿外面。

　　用人的儿子长大后，灵异频现：他令麻雀群吃饱肚子就飞走，不准将多余的穗粒洒落地面浪费，麻雀们很听话，它们啄够了，便欢快地纷纷飞走，还对他叽叽招呼；他去放牧时，捡起与牲畜数目相当的石子，举在嘴边，对它们喃喃说话，再撒在身边，响午，他又说些奇怪的语言，再把石子聚拢来，这时，牧童们惊奇地发现，牲畜竟乖巧地回来了；他偶尔说的一些疯话，都变成了现实……总之，渐渐地，开始有人说一些他可能是某个活佛转世的悄悄话。他的主人又笑了："那我家的猪可能也是格西转世呢。"

　　有一天，用人的儿子劳动回家，上下三次木梯后，沉痛地说：

"我，用人的儿子，已经三次从母亲头上迈过了。"原来，母亲得急病猝死，将尸体捆扎后，主人放在了楼梯下。儿子以神通感知了此事。他请求主人让他去请仲巴大活佛，主人哈哈大笑，爽快地答应："你真是个不知天高地厚的用人崽子。快快去请吧，如果你能将他请回，那太阳都会从空中坠落下来。"用人的儿子气得不行。他想：我一定要显示给他们看看。

第二天，他收牧回家时，骑着一块鞍形石头，从山上飞下，他本来准备直接飞到地主家门里，然而，到了村口，都吾家的女人背着一只空桶突然出现在路口，因为逆缘，石头突然坠在村头，失去了神力。

当用人的儿子为超度母亲跋山涉水去请大活佛时，活佛早已知晓。他告诉侍从，明天无论谁来，都不要拒之门外，把人请进来。天快要黑了，还是没有任何客人上门来。侍从说："今天，一个客人都没有。"大活佛觉得奇怪，便说："你到屋顶去眺望一下，看有没有人在路上。"侍从下楼来告诉活佛，路上一个人影也没有，只是有一个男孩子趴在田边挖着什么。活佛说："你快快把他请来。"原来，因为没有任何可以供养的东西，用人的儿子在田边挖人参果准备供养活佛。他只挖到了一小捧人参果。

当用人的儿子真把大活佛请来超度母亲时，河谷上下轰动了！人们也开始对用人的儿子另眼相看了。

大活佛认证说，用人的儿子是意西活佛的转世……

这样，传奇才算真正地开了好头……

狗与人及菩萨

　　圣地竹庆的路边有一块巨大的花岗岩，岩石上有一尊佛像，传说是自然显现的，后来被人们描成彩画，从雪山上流淌下来的溪水从路边蜿蜒而过，曲曲弯弯地绕过草滩，一直注入山脚的另一股溪流里。这一天，佛像下的土路上出现了一只老狗，这只狗的下身完全瘫残了，只能拖地而行，而且下体发出一股恶臭，腐烂的身上长满了密密麻麻的蛆虫。谁也不知道它是村子里的还是从外地来的，是什么原因弄成了这样。它"嘤嘤嘤"地哀吟着，像在给所有的生命传达自己的苦痛，或者，只是无法自禁地自哀自泣罢了。

　　第一个人从它身边走过，见它这样，先用衣袖遮住鼻子，眼睛也逃避着那难看的残体，嘴里骂道："恶狗！"又自语道："真是恶心，一早出门就碰上这东西，真是撞了霉运。"他一脚将狗踢飞到路坎下。

　　溪水翻腾着浪花，哗哗宣泄而下，天空中飘过几滴若有若无的雨丝。

　　第二个人从它身边走过，看着它被蛆虫裹满的下体，听着"嘤嘤"的哀吟，便弯下身子怜悯地看着它，嘴里说："真是造孽哟，太可怜了！它可怎么办？"意思是它如何生存下去，眼看虫子就要将它完全吞噬了。狗艰难地拖着残体，给他让出了道路。那人在怀里找寻了半天，怀里却空空荡荡，什么也没有揣着，于是，他有些歉意地望着它，慢慢离去。

第三个人来到它身边，他慈善地盯了它很久，似乎要帮助它，最后，从褡裢中取出一整块锅盔——那是他旅途上一整天的口粮——放在狗的嘴边，狗抬起头，感激地望着施舍的人。他看着狗埋头啃吃，便以一副满意的神色站起身来，嘴里念着经文，一步三回头地离开了。

斜射的天光里似乎飘荡着丝丝缕缕的阳光金线。

第四个人来到它面前。那人俯下身子细细地瞧着，当他抬起头仰脸向天时，眼里盈满了闪闪的泪花，他心中突然涌起一股巨大的悲悯之情："啊，苦难中的众生！它就是众生之苦的活活的象征哟。"他想用一根木棒把覆满它下体的蛆虫剔净，以此来减轻它的苦痛，然而，转念一想，觉得这样剔出极易伤到蛆虫，便把木棒丢掉，他强压下心中生起的无法遏制的恶心之念——这是不应该的啊，他自责道——闭上眼睛，俯首，伸出了舌头……

他要用自己柔软的舌苔，在不伤及蛆虫的状况下，把这只狗下体上的虫子舔净，或许这样狗还能慢慢地恢复过来，活下去。

他感到舌头碰着了什么尖锐的东西，同时，鼻子里涌上浓浓的泥土味道。

他惊诧地睁开了眼睛。病狗哪里去啦？

他摇晃着身子站起来，疑心自己是在梦中。这时，他看见正前方的石头之上，半尺的虚空中浮坐着观世音菩萨。

他猛地跪下磕头。

菩萨微笑吟吟满眼慈爱地看着他。

他开始既喜悦又有些癫狂地数落起菩萨的不是来，说他修行十余年，不舍昼夜地观想，可是菩萨狠心地毫不显现，哪怕是一次显身都没有过，说他是多么苦恼啦，云云。

菩萨说："我从来就在你的身边，在你心里，只是你自己没有发现，这也许是你的悲心还不够深吧。不信，你把那只残废的狗背在肩上到人群中去走走看。"

这时，老狗又显现在路上，菩萨顿时隐身不见了。

于是，他右肩扛着老狗走到转经的人群中，问人们看见他肩膀上的东西了吗？所有的人瞪大眼睛奇怪地看着他："肩膀上空空的，哪有啥东西呀？""莫非这人疯了？"他极度失望。这时，一位瞎了一只眼睛的老太婆走到他身边，问他道："儿子啊，你为何在肩膀上扛一只伤狗呢？"

他看着老人，眼里又一次涌出泪水。

无脑人

    那一次，我像漂泊的云一般流浪到理塘，听说某个人家有一个无脑之人，便想去探望一下。因为在我看来，一个无脑之人能够存活是不可思议的。

    由我借宿的主人陪同，我走进我前世曾投生家旁边的那户人家。路过我遥远的故居时，我心旌摇曳，热泪悄然淌下来。我问泽仁（主人的名字）："这是哪个人家呀？"用手指着门楣上挂着一串木头雕刻的葫芦——一共是七个，传说这个洁净人家里曾诞生过七个大德——问道。泽仁说，要不要进去拜一下，这是嘉瓦七世的故居呢。我点头应答。我们走进幽暗的底楼，踏上短粗的木梯上到二楼，二楼很窄小，盖得也低矮，个儿高的人几乎能头碰顶木了。我细心看着灶边木柱上的斑斑奶渍，恍然间，像是回到了婴儿时代，在一个彩虹笼罩这间矮屋的日子里，我沐浴着沥沥的雨水降生在此。传说，那一刻，屋中的木柱顶上汩汩滴下一串吉祥的奶汁呢。当我长到九岁时，来自深宫里的秘密寻访团凭着我留下的一首诗找到这里，并认定我为转世灵童。我在上世曾经写下一首后来传扬于整个雪域的诗，诗里写道：彩云间自由飞翔的仙鹤啊，请把你的双翅借我一用，不飞遥远的地方，我到理塘转一转就回来。泽仁讲述吉祥的兆示，看着我有些木然的神情，问道：难道你不磕头吗？我说，我们赶紧去看一看无脑之人吧。泽仁疑惑不解地盯着我。

　　路上，我虽然一直想象着无脑之人的模样，但走进院子看见一个完全没有头脑却身躯完整的人猛立到面前来，我还是感到无限惊讶。无脑人的父亲说，他一直患有颈项病，三年前突然断掉了，他们想他肯定会死掉，没想到他还继续活了下来。我用悲悯的眼光看着那个可怜之人，内心的悲心恣肆成一片汪洋，我在内心默默地为他祈祷和祝福。这时，他用双手捶打起胸部，家人说他饿了，想要吃饭了。不久，家人用一个瓶子盛着已经调好的糌粑汤，高举着瓶子往无头之人脖根处的管道缓缓倾倒下去，那不冷不热的汤水咕咕咕冒着泡沫下去了，当泡沫往上泛涌时，父亲就停住手，直到泡沫完全没有了又再往下灌，慢慢地，那瓶中的糌粑汤都倒完了，父亲问他吃饱了吗？那人便又用手轻轻打一下胸部，表示已经够了。父亲把这个无脑儿子牵到门口的木墩上，让他坐在那儿晒太阳。无脑之人走路倒也稳健。只是，我无法想象他的世界会是一种什么样的情形：他还有思维吗？会做梦吗？能听见世间的声音吗（对于某种声音还是有感觉的吧）？那些流质食品的味道，他能品尝吗？父亲热情地请我进屋喝茶。我感谢他的邀请，说我要赶路，谢绝了他的好意。当他听说我是一个僧人后，请我为他可怜的儿子祈祷，他说他只希望儿子的来生能够投胎为一个健康有福的人。我答应了他的请求。那位父亲凄苦地问我：为何他有如此的罪孽啊？我没法回答，我只是惊叹于异熟因果是如此的难以逆转。在我眼前，总是晃动着一张似曾相识的举着铡刀的刽子手的面孔。我走过去，用手摩挲他的肩膀，又向他脑袋曾经生长的地方吹了加持之气，然后，与借宿家的主人一起离开了那户人家。

天空蓝而空洞，有两只秃鹫在高空中寂寞地翱翔。金黄色的阳光照耀寺院的金顶，两相辉映，把草原、雪山都映亮了。我想：众生都攀着因果之梯前行呢。

走到路口，我向主人告别。主人很惊讶。问我怎么突然就走？难道再喝一顿茶的工夫都没有吗？主人像是感到歉疚，说既然不回去了，那他一定要把我送到草坡顶才行。广袤草原的背景中，我俩肯定像两只蝼蚁般渺小吧。

我要翻越草原下山了，便在猎猎的风啸中，与他分手了。人世间的缘分是多么奇异！我觉得自己应当向他说实话了，便告诉他我是七世嘉瓦，他先是瞪大双眼，紧接着，欢喜地磕头不止。我请他起身，并为他摩顶加持。我又告诉他：我虽然是第七世嘉瓦，但我已经死了，请他一定要为我保密。他眼里闪着泪花，发誓终生保守秘密。

于是，我又开始了云游之旅。

我已经能够想象到清政府、固始汗和噶厦之间卷起的漫天风云的较量中，又一个七世嘉瓦会催生出来，只有在那个时候，我才算真正安全了，可以无忧地隐秘潜行于尘世间了。

从山顶飞来的像是迎接我的仙鹤的妙音声中，我自嘲地想：那是个无脑之人，我却是生而已死之人。

此刻，关于我诗歌的隐语这才訇然洞开（愚痴的世人自作聪明地作了多少解析啦）：

巨大的非尘世的仙鹤张开了它宽大的翅膀，覆盖了我即将踏上的草原小径，在它嘎嘎嘎一声高过一声的鸣叫声中，我迈着轻快的步子向前走去。

远去的那个人

有一天，突然有人要来造访。我的心莫名地有了某种焦虑和不安。听到铃声，一打开门，我的嘴猛然间倒抽了一口气，人也差点向后倒去。世间竟然有那么相像的人：他是我的翻版，两人完全一模一样。当他坐下来，开口说话时，他的语气和举止也与我毫无二致。那个人到底是谁，难道是我的幻影不成？或者我是他的影子？难道这个世界上真有如此如出一辙之人吗？当他说话的时候，始终微微吃惊地盯着我看。我的眼光熠熠闪耀，想要把他看遍弄透，或者说，我以一种好奇之心看着自己的举止言行。那真是一个好玩的情景。虽然我们觉得自己对自己了如指掌，但是事实上，我们日渐感到陌生的依旧是自己。我在后来的人生岁月中渐渐明白：我已完全掌控不了另一个"自己"，他于我而言，日渐陌生，并且渐行渐远了。我们之间的交谈显得有些好玩而怪诞，像充满巫术的镜子，仿佛对方是自己的映照物。先辈教育我，天地间没有两片叶子是完全相同的，更没有两个人是完全相同的。而此刻，我惊诧于另一个人与我如此相像，让人匪夷所思。当妻子来到客厅，她先是目瞪口呆，接着便问客人：这是你的哪个兄弟？我怎么没有听你说起过。当客人瞪大双眼，张大嘴巴，不知怎样回答时，我赶紧替自己回答：我也不明白呢，莫非我的父母曾背着我们生下了另一个我？说完我忍不住哈哈大笑。妻子转过身，盯住我，眼里满是惶恐和不安，随即红霞飞脸，她明白：自己竟把客人当成了丈夫。如果依然混乱下去，那我还不被他们送出门去，从此成为一个无家可归之人？从我心底升起一股寒流。他说，他是因为读了我写的书之后专门来拜访的，他觉得我写出了他心中所想所思，还写出了与他共同的感受。这个时候，我更加觉得恍惚，仿佛自己置身于一场梦境中，而非现实的真实状态。可是，真实的场景再次告诉我，这一切是千真万确的，而且当下正在进行之中。

妻子从厨房里再次出来时，她又一次把两人搞混了。这次是客人笑起来告诉她：他是客人，而不是她的丈夫。妻子认真辨识，眼里满是疑问。我看出她的惶惑不安，便告诉她你可以通过服装来辨别。不料，当我的眼光扫到客人身上时，又一个奇特的现象发生了：我们的装束竟然也一模一样。妻子发出惊讶的叫声，然后冲进里屋，把门"砰"的一声关上了。面对这样的结局，她唯一的办法是，通过身上的某些隐秘特征来辨认了，如果连那些特征也一样，那唯一的途径是靠我们两人的自觉。可是，我与他谁真谁假呢？妻子再次出来时，她的神态已安静许多，看来，她是经过了一番心理斗争。我们又时断时续地交谈下去，可是，情况变得越来越尴尬。终于，妻子打了一个哈欠，似乎是示意客人该走了。我们两人同时起身，当他想说话时，我的嘴唇也不由自主地翕动起来。妻子对他说：你坐着吧，我来送他。我的眼里突然涌出了泪水，但是，当我转过身去时，很快用衣袖揩去了不争气的泪水。我微笑地向他们告别。他坐在沙发上一脸灿烂地微笑：下次再来玩耍，你慢走。我说：好的好的，谢谢你们。妻子把防盗门使劲往里拉，门"砰"地关上了。我突然成了一个无家可归的人，成了妻子的陌生人，而真正的陌生人已经成为我家的主人了。

我站在康定的街上，东关的寒风呼呼地叫啸着从我身边刮过。面对城市的灯火流光和不息的车流，我问自己：你要到哪里？哪里才是你的家？

这时候，一辆出租车停在不远处，一个时尚的女人从车里钻出来，然后欢笑着向我跑来，高跟鞋敲击水泥街面发出一连串"橐橐……"的声音。我还没来得及回过神来，她拽起我的手臂亲热地说："我们回家吧。"不由分说，带着我走向了彩虹桥边的楼房……

我到底是谁？那个人又是谁呢？我在心里自问道。但是，我闭紧嘴巴，以沉默来对抗来自心里的那个冲动野兽。毕竟，我先得活下来，然后，再来寻找真实的自己，想办法回到我真正的家里。可是，这一切是可能的吗？那个陌生人已经成了我，过去的我也已经悄然远去……

传　奇

　　根嘎只有六七岁时，他在一块石头上玩耍时把脚印清晰地留在了上面。待长大后，却难以显现圣迹了。他像一粒沙尘融入泥土一般，为人低调，行事不张扬，永远保持着一种安详的心境。他到藏校学习时，更是因为远离了家乡，没有人知道他是活佛。再加上他生得没有异相，极为普通，与人相处温和宁静，一副与世无争的样子。他自在安然地度过了四年光阴。临到要毕业了，大家才知道他原来是个活佛，而且还是一个著名寺庙里的高序位活佛呢。当人们开始对他另眼相看时，很多人在他身上看出异禀来。这才发现，四年中他的所作所为，都像个活佛。再联想到他偶然示现的预言——当然是以玩笑之态说出的，有很多次呢。他们惊异地看着他——而眼看已是大家分离的时候了。同寝室的桑珠说：你果真是活佛呢，我就觉得你特别，原来你的很多作为都在显神通啊，都怪我愚钝。于是，大家围聚过来，听他讲根嘎的故事：

　　有一次，我和根嘎都在寝室里睡大觉，我的几个老乡说好了要到学校来看我，可是，天亮以后，我怎么也睡不着，在床上辗转难眠，心里暗想：老乡来了，我却只有糌粑，没有酥油，连酥油茶都拿不出来招待他们，真是丢脸！这可怎么办？这时，睡在上铺的根嘎哈哈大笑起来，我问他笑啥？他说：你不用担心酥油，我的皮口袋里有一坨呢，你还不快起来，人家都到校门口了。我红着脸说：你怎么知道我担心酥油呢？他又把头从床上耷拉下来，咯咯地笑着说：我做梦了。乱说，你肯定看见我的空口袋了，我说。他说：你快起来吧，人家都要到了，还睡什么觉。不会那么快来的，我说。便又闷头大睡。过了几分钟，响起了"咚咚"的敲门声，一开门，竟然是老乡们。

这是巧合！这可算不得神通。

桑珠辩解道：那根嘎给我妹妹的儿子还未出生就取了一个男孩的名字算不算是神通呢？

大家七嘴八舌地说：你快说说是怎么回事？

桑珠说：我本来是闹着玩的，不想却变成了真的。

原来桑珠家里只有兄妹俩，而妹妹未婚先孕，肚子大了，不敢待在父母身边，只好跑到学校来找哥哥。有一天，我逗根嘎说：你给我妹妹的孩子取个名字吧。他便取了男孩的名字。我说：你怎么知道是男孩？他说：猜的，我俩要不要打个赌？我说：算了吧。根嘎说：你妹妹的孩子说不定是个不凡的人呢，你要注意洁净。生下来，果然是男孩，后来还有寺院来认证说是他们的活佛。

人们的眼睛瞪得更大了。

不久，毕业了，大家各自走了。根嘎留校任教。大家都尊崇他。

几年后，根嘎圆寂了。有几个离根嘎寺院比较近的同学都赶去参加了他的茶毗大典。奇迹真的发生了：当桑烟浓浓地升起来，天空中飞来了九只秃鹫，它们围绕火葬堆转了三圈后向西南方向飞走了，所有人都看见鹰翅下是一条条夺目的彩虹。同时，半空中纷纷扬扬地降起了花雨。降花雨之说，过去都是听说，没有人真的见过呢。大家争着捡花瓣。那花瓣白色，极薄，透明。活佛的额头骨未能烧化，那里面清晰地显示出三尊佛像：中间是佛陀，左右是观世音和无量光佛。还出现了许多舍利子。

就这样，当通信使天地的空间压缩成零距离时，关于根嘎的传奇再次成为同学们津津乐道的话题。关于他的故事里，又添上了花枝招展的风韵：

一群驮脚娃从木质危桥上走过时，一匹马连同驮子落进了汹涌的河水。只见走在那匹马后的根嘎一伸手抓住了鞍子，将马连同驮子一起举了起来，转眼之间，它们已到达安全的岸上了。

某户牧民死了人，不慎让猫从尸体上跳过，尸身坐了起来。人们恐惧地四散逃走。请了不少的活佛念经作法事，但都无济于事。最后请来根嘎活佛，他关上门，不让任何人接近。不知道做了什么，当他再度掀开帐篷门帘走出时，尸体已经睡下了，而且可怕的浮肿也逐渐消失了。

传说根嘎读初中时，有一次，学校组织学生们上山拉运木柴，路途中恰巧经过一位同学的家门口。同学家很穷，他一路上都在为此担心，生怕大家提出到他家里做客。根嘎知道了他的心思，便故意说：土登，这次你一定要带我们到你家里去。土登面露尴尬之色。根嘎说：你相信吗？我到过你家。土登说：怎么可能？你又没有去过。根嘎便说出他家门的朝向，家里有什么人，还说了牲畜的数目，特征等。土登的眼里满是讶异之光……

人相欺眼，人不可以以相取人。智者和大德是无言无为的吗？真正的奇人大隐于市。他们以凡人之相，可能就生活在我们的周围……

根嘎的同学们后来这样感悟到。

身之自述

　　人们了解我时，总是喜欢赞美我后来伟岸或俊美的样子，其实，就像人类刨根究底追述先人的道路一样，如同逆流而上寻找源头，他们应当从我起步之地起程，只有这样才有可能最终看清我的面目。但是，我自己都还不够了然，你们能够画出我的面影吗？

　　其实，我最初是来自两个带电异体的偶然相遇，如同太阳和月亮在天空相会——那是藏人所说的日月同辉吗？——就像两个相互吸引的星球撞击，一个叫父亲，一个叫母亲，或者一个叫男人，一个叫女人，从他们高大躯体的深宫中长久酝酿之后滴落的两颗异质的甘露，在暗夜或春光中凝合而成；他们劫难似的结合，续下一段生命之缘。当我还是发光的液体或甘露时，父母亲都还是天上的面影，就像云朵睡在光芒里，可是，我早已安静地潜伏下来，并且按照一个固有的轨迹慢慢生长。在温暖的子宫里，如同急风暴雨般的蜕变是我自己也没有料到的。当我最终令母亲隆起肚子，让她呕吐和不断地吃酸性食物时，她没有听到过我采自天国的咯咯笑声，我脚蹬手舞，让母亲在战栗中感受幸福。佛法上说，那时，我的轮回之轮已经启动，我是被业力推动，正在以不可思议的方式向前行进。当我具备了在俗世世界生活所必需的五官四肢五脏六腑之后，我钻出子宫，呱呱坠落于尘世。啊，那过程对我来说不亚于一场劫难，我的身心被撕裂般的痛苦有谁体验过？生命的窄口把我的头颅挤扁了，当我带着尖锐的哭声穿过黑暗的隧道坠落人间时，我的眼睛又被强烈刺眼的光芒毒伤，于是，我放声大哭。啊，我的母亲也在痛苦中昏厥了，唯有父亲冷硬地盯住我，然后才展颜而去，他的心里升起雪峰般的自豪之情。族人认为，我延续了祖先的血脉，点燃了家族神圣的荣光。家人把我看成他们的一部分。好像我是依附在他们身上的，而不是一个独立的个体。

在人世的历程中，我开始了吃喝拉撒，开始突破血液和骨骼的桎梏。我吃下五谷杂粮，我喝下各种琼浆，我拉下臭味的食渣，我撒出黄色的体液。及至后来，我长大成人，有时成为灵魂的主人，有时又成为凶恶的暴君，让动物之肉和烈酒红水，每日里祭我人类的五脏之庙；有时，我也会沦为乞丐，腆着难看的肚子皱着眉头四处去乞讨；有时，我变成奴隶，成为心或语的附庸，成为病魔的奴隶，安心服侍主人，否则他一旦变得穷凶极恶，我必挨上一顿毒打；有时，我什么也不是，昏昏然不辨东西，那时，我想抛下躯壳而行，就像我在梦里的样子，轻灵自由，不受时空的局限。之外，我还需要睡眠，需要交媾娱乐，需要四处奔忙旅步匆匆……

有人说我是恶魔，有人说我是法体，有人说我是神殿，又有人说我只是个容器。真的，我自己也看不清自己的面目，他有时喜欢安逸，有时喜欢麻醉，有时自以为是，有时又爱说长道短……

啊，在天地间，有谁能斗得过岁月这个无处不在的恶魔呢？它把我们掌控在它的巨掌中，充当它的玩具。我从娇嫩婴儿到青春年少，从强盛壮年到耄耋之躯，岁月一路歌唱，一路变换容颜……

当有一天，我再也无法动弹，再也无法吃喝拉撒时，我知道我该走了。啊，多少人为之恸哭，可是，我再也无法消受人间的声色犬马了，再也忍受不了无尽的折磨了。他们说，我的性格变得像儿童了。是吗？那该是我回到来处的时候了。

我离去后，族人对我的躯壳或葬，或烧，或拌食哺鹰，或沉入河流……啊，在那些千奇百怪的仪式里，我的身影一点点消散了。只有在那雪域深山里的一位喇嘛呈跏趺而坐，安详离去，而另一位圣者却将自己完全化成一束灿烂的虹光，全然化入虚空……

啊，把我带到人世的父母，而今你们在何方？我又需要寻着你们的踪迹而来吗？是不是一切都是一个周而复始的循环？啊，我看到前方的光芒了。那里是一个怎样的奇异世界呢？

语之呢喃

　　当语言有了诗意时，语言变成了花朵；当语言化为利箭或者匕首，或者带着怒火喷发时，语言成了灾祸的策源地。在人类最初和最后的岁月里，语言始终是一面旗帜，又像一股源源不绝的血脉，滋养了人类的千秋万代，如果人类的嘴巴里没有生发出语言，我们无法想象人类今天的面目，如同盲者，遍地黑暗，人类连世间的芳馨都无能分辨了吧。

　　语言说，当我在人世间横行时，连风都停止了叫啸，我是一个在长长的黑暗隧道里摸索前行时，被一位天神点拨了灵感的普通人，先是以一个手势来比拟，再是以朵呀噢啊之声冲出那如紧闭的山洞般的嘴巴而诞生的。可是，没有人留下他的名字，之后，人类的灵性之火被点燃，到处都是语言的制造者、加工者、打磨者，到处都是明焰焰的智慧之光；再到后米，如同河流汇成海洋，当语言在嘴巴里盛不下时，智者们攀上语言之桥，沟通与天神和自然的联系，搭筑古代与血脉的桥梁，于是，在一个启明星初灿于天空的时刻，吞米桑布扎创制了藏文，而在人世的许多角落里，像他那样的人都相继建造了语言的宫殿，并且让众多的语言加入到秩序里，学会礼让和歌唱，学会倾诉和留存，并令这个宫殿储存智慧和思想的光芒，聆听宇宙间天籁般的信息，我们又把这个语言叫作文字，它是黄金闪亮的河道，也是星辰们簌簌细语的彩练。

嘴巴说，在尘世里，我没有门闩，也没有禁忌，所以它滔滔不绝地流泻各种语言，由此也惹上不少是非和官司。可是，没有它，我又活不下去。我不知道到底怎样与它相处才好。

心想，只有我才管得住它，可是，它太爱唠叨了，像一个多嘴的鸟儿，一天到晚唧唧喳喳个不停，真是讨人嫌。

智者说，沉默是金，我常修闭口功，令它学会思索，而不是开口。

花朵说，如果所有的语言都禁了语，那么我们又是为谁开放呢？

这时，天空中飘下一朵云说：我为你而来。

花朵羞红了脸，不吭一声。

语言坐在远处嘲笑道：你们真是无耻，没有我做媒，你们怎么可能结合？

在电脑上跳舞吟咏的我的手指停止敲打，划向鼠标，在工具栏中一点"删除"键，电脑变得一片空白，然后显出"再见"二字，在一片音乐声中，屏幕被黑色覆盖，只在显示器的侧身闪着几点电流之光，一切又复归于寂静中，仿佛什么事情也没有发生过。

"再会，语言。"我在心里说。于是，我把嘴巴闭得更紧了，生怕它惹出某种祸端，仿佛这是个不宜乱说的时代。

心 的 寓 言

　　当扎西曲吉尼玛的脑海里再次冒出一个恶念时，他从口袋中取出一块黑石头装进左边的衣袋里。这时，他感到左边衣袋里的石头明显沉重起来，几乎将他的身子都拉斜了。而右边衣袋里却只剩寥寥的几块石头，这令他感到羞愧。作为一个大乘佛法弟子，发大悲心发大愿的僧侣，在那脑海涌现的可怕的念头里充满了多少邪恶啊！于是，他发出一声幽然的叹息后，嘴里念着经文，又继续踏上他的朝圣之旅。

　　当天晚上，他在林子里住下来后，他倒出两边衣袋里的石头。左边的黑色石子足有一个小山堆，而白色的石英石却总共不到十三个。喝过茶吃过糌粑后，他开始打坐，他让心归于清明宁静。按照禅坐的姿势，将呼吸调伏得平缓之后，他先还是闭目入定，可是眼帘罩覆的世界里，一片黑云沉沉压来，他疑心是某些神怪来捣乱，于是赶紧睁开双眼，将眼光盯驻在鼻尖，让心中的欲望一点点安伏下来，然后渐渐消散或离去。在林中，河水的呼啸，风刮过树梢的张狂，以及嚓嚓的干裂之声，还有轻的鸟鸣声，都渐渐在周围营造出一片宁静。随着心灵的清朗明澈，一条潺潺溪水幻觉般徜徉回流在身心，不久，一挂晶莹珍珠串缀起来的瀑布从头顶浇泻而下，令他感到周身顿然通彻和明净，仿佛自己整个人被洗过了，他感到欲望包裹的心远离了自己，心中生发出一丝自在和明净的喜悦，这种喜悦里没有自私者的满足，也没有生成某种不良的罪恶种子，它像天空幽然而广大。当他觉得自己对这种感受有些执著时，又很快将心思收回到虚空里，这时，虚空浩然无垠，白云纯净缥缈，那种湛蓝之光像湖泊的深碧，绿得亮心明慧。当他觉着心海无尘无染时，让心静静地安驻在那里。当他走出禅定之境时，他发现不知不觉间，天已经黑得透深了。

有一天，上师对他说，佛法的四万八千个修持之门归根结底就是修心，唯有直指心性才能修成大圆满，唯有将心之业力掐灭，脱离轮回才有可能。而心是最难调伏的，它像横冲直撞的大象，像尘世飞扬的落叶流水，永难扫清或停止流动。为了增长他的定力，上师让他时时观察自己的心，让"心"之眼光反观内里，令心回到自己的"家"，而不被外面的世界迷惑。上师还让他用白石和黑石记录自己每一天心里沸腾的欲念：好的、善良的、没有违戒的念头升起时，从口袋里取出一块白石装进右边的口袋里；如果浮上心头的欲念是恶的、不好的、有违僧人戒律的，便取出黑石装在左边的口袋里。一天下来后看看自己的欲念怎样，以此反省自己的内心。起初，他每天只有两三个白石头。之后，他努力修持，令心一点点走出染污的环境，不断地敲打它坚硬的尘垢铁胄，使它日渐光亮，像莲花在阳光下日渐幽雅高尚起来，这样，他的白石头渐渐多了起来。他终于感到欣慰和愉悦，感到自己将那欲望的烈马调伏了，自己重又变成了心的主人，自己对心的驾驭力越来越强。可是，心的反复无常又令他生出诸多苦恼。于是，上师又让他用此法再次修心，并开始一次朝礼神山之旅。

上师赐给他的法名意为"吉祥的佛法太阳"，他真是一个灵性聪慧有着善根的人，如同法名蕴含的寓意，他平和、纯然、坚韧地踏上修心的旅途。在那迢迢的长路上，最终能升起觉悟的佛法太阳吗？我不知道。但我看见他终于从我眼界里越走越远了……

这就是雪域心之寓言，它苦苦追索、等待心中绽放洁净莲花的那一天。寓言有起源而且长旅无限，看不到终点……如同我的短文，只有虎头，没有蛇尾。

梦　境

　　居美变成一个宿命主义者，与他做的几个神奇之梦有关。

　　四十岁时，我们每每酒酣耳热之际，什么样的话题都讨论，在现场如果有一个胆小的被洗脑者，他听了一定会睡不着觉呢。说者无畏，听者肯定吓得六神无主。当我们谈起对命运的看法时，居美就讲起他的几种梦示。我们听完嘿嘿大笑，居美显得有些尴尬。他说，我不讲你们逼迫我，讲了你们又要笑话，我先就说过，现在果然如此。我说我没笑你的意思，我只是突然想起梦瑜伽来，便想：你上世会不会也是个修行之人，因此此生有一点灵性。居美的神情又变得认真起来：可不要乱说，这是要造罪业的。邓真扬着手臂叫道：你看你看，这有啥造不造罪的，看来，还没把你改造过来呢。我说：人世间如果千人一面，那这个世界可真是疯了呢。居美说：我总是不明白，为何我们教育的东西与现实间的距离、差别那样大？我们一旦进入社会，每个人都得重新改变自己。我说，这就是社会呀，兄弟们，目前只有俺老兄捞上了一官半职，我才知道其中的原委呢。他们立刻围拢过来，把我挤压在中间，人人动手，对我好一阵毒打，吼道：让你得意，我们面前可没有啥当官的。酒液又从我们的喉咙中幽凉而下，进入肚子，弥散到脑子，又化作缕缕芳香飘逸在嘴边，待发酵到某个时刻，便化成呱啦啦的言语，再伴之以疯狂或豪情的动作、手势，它让我们脑子里的思想飘到云端去了，多少无聊的现世风景、人物都逃之夭夭……趁着酒液的甘露，居美的故事飘然莅临。看得出那是他内心的一个结，一个想用唯物者眼光或用科学解开的一个结，或者，那于他也是个精神的指向吧？只要人生还有疑问，一个有心人总是会向着疑问最终释然的道路不断地探究下去的。这样色彩绚烂的故事，在地球村里越多越好吧。下面就是我模糊记得的居美的梦境：

梦　一

我看见一大片荒芜的田地，没有人耕作，白白地丢弃在那儿。我觉得可惜。那人就说：那是给阿来预备的，名人嘛。口气有些不满。

在打场旁边，我们生起一堆火。只有三五人，大家在风中偎着那堆火绕来转去。风很大，不时把火吹灭。我让弟弟去捡拾柴火。我们虽然烤着火，但是暖了前边，背上却背了一层寒冰，反而把心箍得越发紧了。我们也就作鸟兽散。

在高大的塔顶，当我发现自己已被无端地卷进那场风波时，我发现自己没有退路了。敌方挥舞着剑向我头顶砍来。第一剑，我徒手攥住，掌心感到火辣辣的疼痛，那人顺势把剑向后一抽，掌心的肉在刺啦声里剖成了两半，殷红的血答答滴落下来。那人再一次砍来时，我因为只顾着自己的伤口，脑袋被砍成了两半。死去的那一刻，我在心里想：原来死亡就是如此啊。然后，我看到自己倒了下去，魂儿像一股风一样升腾而上。塔子上，激战正酣，被刺被砍的人纷纷坠落下去。我飘浮着离开了那儿。在回家的路上，在村旁的残墙边，站着许多人，我一打听，说是阿来安排的，他喜欢来点意外的曲折——那是他惯用的手法呢。我一回到院落，有人说你要投生到鬼道里去，我还没来得及细想，魂儿就消散了，我看到自己突然变成了一头猪，被妻子吆喝到圈里了。楼底的畜圈拥挤而烦躁，我直哼哼着不想待在里面。可是，妻子和儿子却不断地用木棒打我捅我，一出去，嘴上挨了一棒，一回圈，老母猪张口就咬。我在心里愤愤地想：为何妻儿对我都如此残酷呢？一伤心，泪水簌簌落下……

我突然从梦中梦中惊诧地醒来。

谁说是梦呢？这明明是阿来在文章里安排的情节呢。我的魂儿清醒地意识到这点时，我看到我在梦中笑了。

梦　二

泽仁再次面对空旷的荒野时，内心有一种想哭泣的冲动。这头全身毛发稀疏，瘦骨嶙峋，两排干瘪乳房下垂，跑动时身子喜欢摇头晃脑的母猪终于被送归到自然的怀抱了。说实在话，泽仁对我讲，这头老母猪下崽多少年了，每年几头，十多年来，为我们家生崽几十上百头，我其实也不忍心宰杀它的，但老婆与儿子说，养肥了就宰杀吧，不然，你留着做啥？似乎天地之间，所有家畜都天生是供人类食用的。我说，我是不会吃它的肉的，想想它老成这样，为我家下了那么多崽，我的牙齿无论如何都咬不下去。老婆嘲笑道：嚯嚯，你啥时变得这样慈心善怀的？那你过去为何不放下猎枪呢？是绒木活佛让你戒猎的吧？泽仁说：还提啥古时候的事情？我不是早已放下枪了？儿子说：阿爸，你把它养肥吧，到时我来宰杀它。那几天，它似乎有了某种预感，每天不安地"嗯嗯嗡嗡"伸着个长嘴满院子、楼底、畜圈里窜来窜去。

那一天，儿子已经烧开了锅里的水，犁尖在灶火里烧得红艳——待把死猪泡在木槽里要拔毛时丢进开水里加温——院里，缚颈绳和绞棒也准备就绪。泽仁去给它喂最后的早餐，下梯时，儿子还在叮嘱：阿爸，别喂得太饱，等一下它不愿到食物面前来。泽仁没有应答。他叫唤时，老母猪欢快地跑来。一见汁浓多料的食物，埋头就吧唧吧唧地吃起来。看着老母猪，他突然生出一种面对老母亲般的怜悯之情来。他眼噙泪水抬起头，这时，他突然听见一个声音说："你不要杀我。"他惊悚地看老母猪，老母猪埋头吃得正欢呢，满嘴流汁，不时发出愉快的哼哼声。他怀疑自己出现了幻觉，当他再次有些不安地四望时，耳旁再次出现了那个声音："你不要杀我。"泽仁心里突然涌出恐惧的泉水。他慌乱地再盯住老母猪，见老母猪正抬着脑袋，伸着长嘴，嗯嗯嘤嘤地闻来嗅去，似乎它也感受到了某种异样。是谁在说话？难道不是母猪，另有精灵鬼怪？泽仁感到自己的毛发刷刷地直竖起来。他突然变得像个小青年一样，噔噔上楼冲进屋里，对儿子说："你不能杀它，它说'你不要杀我'。"儿子用狐疑的眼光看着父亲，心想：父亲是不是疯了？嘴里却反问道："谁说不要杀它？"泽仁吼道："还有谁？你要杀的老母猪。"儿子爆发出笑声："猪还能说话？阿爸，你不是……""是，是我疯了。我要把它放生了。"说完就走出去。这当儿，儿子变傻了，他呆呆地望着父亲的背影，好一会儿没有了魂魄，当他满心怀着"我阿爸疯了"的恐惧来到院子里时，父亲正赶着老母猪往外走呢，他并没有看出父亲的异样来。难道真的……想到此，他忍不住自嘲地笑起来：怎么可能？老母猪的一只耳朵上挂着一缕红毛线。看来阿爸已经把老母猪放生了。

泽仁看着老母猪一颠一抖地跑向荒野，心里又涌起一股难舍的情怀，像是自己的某个亲人突然远走他乡了。当然，放生并不需要把它赶走，在家里让它老死也行，但他有一种冲动，也生起一丝担忧：儿子心中罪恶的观念开始变得像雾一样淡薄了，或者说，他们全没了因果报应的观念，说不定某一天趁他出门，将母猪宰杀了呢。母猪慢步跑着，看着它回归家园的样子，他相信自己听见的话语是真实发生过的，老母猪也一定不会再回来了。

不久，村里传开了这个奇闻。有人相信，有人不信。有些人不无担心地说：说不定这是泽仁要疯了的征兆呢。还有人猜测：泽仁可能要走了。泽仁爱唠叨此事，希望像儿子一样的年轻人相信轮回，相信因果报应的存在。可是，苦口婆心的结果是遭到大家的嘲笑。有个无法无天的小伙子竟然说：你还相信所谓活佛的神通啊？人家外国人都飞到月亮上去了，活佛们能造一根火柴吗？泽仁愤怒地瞪着眼，心里生起孤单的感受。

我在村子里像个失魂者一样四处游荡。有一天，我梦见我的四周出现了四条狼，我举起棍子，恐惧地又打又砸，终于把它们打死了。我神清气爽地醒了过来。猛地看见幻影般的泽仁进屋来了。我惊慌地大叫起来……

对　话

雪山：气候变暖，我再也无法保持矜持了。抖落雪冠；圣洁的雪衣也只得从肩头褪下。

江河：是啊，我的身影要在大地上消失了。关闸押解，或引入幽暗的地狱里。

雪山：人是多么贪婪无度啊！

江河：过去是"扒皮"（砍伐森林），现在是"掏肚敲骨"（挖矿），还要"喝血"（把河流导进山洞里，疯狂地开发水电）。

雪山：警告吧？

江河：警告！

于是，海啸来了。

于是，地震频发……

无 题

你是谁？有一天，我心里的那个怪物又跳出来这样问道。

我的表情极为尴尬和无奈。我不知道怎样回答。

此时，蓝天上白云的神情也显得暧昧。

我心头突然生起无名之火，我大声地申辩道：

我是那个叫某某的人，难道你不知道吗？我出生在乡村，在乡村长大，之后在城里读书和工作，我还是某局的局长，是有名的知识分子，我写了某某，又写了某某，获了某某奖项，又获了某某奖项，难道你不知道吗？而且，我开始撞上好运，就要飞黄腾达了，你连这个都没有看出来吗？那样多的人争相巴结我，你连这点警觉性都没有吗？真是愚蠢之人！

他不说话，缄默如山根的冷石。

我再次大发雷霆，几乎歇斯底里地吼道：

你没有听见我说话吗？难道把耳朵堵塞起来了？某某是我的老师和老乡呢？某某——就是那位高位者，所有人都在他的股掌之中，翻云覆雨，对他来说只是一句话；那个声名震天的人，就是那位，他还是我的一个朋友呢，我们的关系像兄弟般亲密无间，任何人他都不放在眼里，他在国外的名声更为响亮。你也不知道？

你真是孤陋寡闻，是个落伍的糟老头。你哪里还有什么前途？

　　他依然阴冷地笑着，却并不开口。

　　我再次穷凶极恶地又闹又叫，说得口沫横飞，眼珠乱翻。

　　我终于累瘫了。

　　这时，他缓缓开口了——啊，这对他而言，可是金玉良言：

　　你到底还是没有自己，或者说，还没有灵魂呢。

　　我大叫：难道我是空心人，只剩了躯壳？

　　他却像一阵雾似的在我面前消散了。

　　天空中洒下淅淅沥沥的雨点，像是我失魂哭泣滴洒的泪珠……

打 卦

眼看就要赛马了，罗布却找不到马了。

于是，他只好去算卦。

绒登活佛眼望空中，凝视片刻后说，马还没有翻山，在一块草甸上。

罗布想：定姆山水如此广袤，到处是草甸，我到哪里去找？

罗布对活佛说：请你用佛珠卦算一下吧，那样我才放心。

绒登就用佛珠打卦，说出的结果还是一样。

罗布下山后去找白玛活佛打卦，白玛活佛说：你在泽朗和万绒村之间找找。

罗布直言道：呷呷（语气词，表惊叹），那中间肯定是不会有的，我早已找遍了。

活佛的脸色变了，既而又哈哈大笑起来：那你自己看着办吧。

罗布又去找那位学佛法的老人卜卦，老人念经祈祷，卦得极为认真。

老人说：在定姆地盘上找了没用，关于马匹的信息下午就会传来。

罗布回到家，果然就有从正斗来的人说：罗布的马在邻乡的草原上。

不久之后，罗布去见绒登活佛，罗布说：呷呷，你们两位活佛现在连珠珠老人都比不了。是吗？怎么就比不了？活佛问。于是，他说出关于找马打卦的事情。

绒登听了，哈哈大笑：你真是一个耿直的口无遮拦的人，像一头阿嘎牛。珠珠是我的上乘弟子呢，我早就给定姆人说过以后打卦去找他好了。

接着又像是解释似的说：对于找牲畜之类的卦算，珠珠比我们准。

罗布在嘴里应和道：嗯，嗡。

心里却暗忖：到底还是承认不如珠珠老人呢。真所谓不去取头上的矛，反在挑脚下的刺吧。

普领牛皮

寺院迁下山来。

这是当地头人与卡则、色顶两村商量后最终决定的。

寺院迁建在两村之间，划出的地盘狭窄，用围墙大致围了一下。

庞措寺院历史悠久，是康区最早建的宁玛派寺院之一。最早在定崩桑神山上，传说修行屋遍布密林，学法之人成千上万呢，然后，迁移到岗巴，也历经了三五代活佛吧，而今庞措翁堆活佛把三座寺院（另外两个一个称绒绕、一个称岗波）合成一处称为洞工曲批岭。

寺院建僧房时，活佛把卡则、色顶两村的僧房地址划在围墙外，再把翁昂和协吾头人的僧房地址划到更远的地方，而且大得惊人，其他村子的僧房建在寺院的范围之内。当所有的僧房由各家出力建起来之后，寺院的规模显得庞大，呈一种腾达之势。河谷人很兴奋。

不久，庞措活佛说，从寺院穿过几层台地的坎坡下的旋水涡是庞措的魂湖。他让僧人们在河边的巨石包上建起了"色格"（插五彩经幡的祭祀塔）。对那处神秘的地方人们也开始敬畏起来了。

在色顶村尾，有一处浸水泉，庞措活佛将其确定为寺院的"也"，那几棵树定为"也"树，再建了色格，五彩经幡迎风招展，寺院在那儿举行煨桑祭祀活动。

此时，卡则村的都吾婆婆说："庞措翁堆的作为有点像普领牛皮呢。"

此话一出，头人与两村人这才如梦初醒，可是，一切都已成定局，只得默认了。

哈哈，大家都迷惘混沌，唯有老太婆才是清醒之人呢。

普领（是指洋人？还是清官？）来到巴塘，向巴塘土司、头人借地，普领说他只借一块牛皮大小的土地，只取一牛角的水。喜欢夸夸其谈目中无人的头人们听了哈哈大笑，说，只租借这么小的地方还需要商量啥，给就是了。普领让其属下将整块牛皮割成细细的绳子，到了那一天，土司头人们都来了，普领让属下把牛皮绳子沿着山根朝下牵拉，又上到台地，再走回来，硬是围出了一大块地皮，再用牛角堵住山腰的一股水源，用水渠把牛角里的水引下去。土司、头人们看得目瞪口呆，那一刻，大家变成了傻子。普领的脸上洋溢着欢畅的笑意，土司和头人们的脸色时阴时晴，露出尴尬的苦笑。

都吾婆婆关于"普领牛皮"的话传到活佛的耳朵里，活佛很不高兴，私底下却说这老太婆可不是一般的人。

寺院再也不好扩展自己的领地了，"牛皮"无法膨胀了。

老太婆去世后，家人去请活佛超度。

翁堆活佛连头也不抬，说：现在让她去请"普领牛皮"吧。

送　别

　　母亲给儿子熬了最后的酥油汤，又亲自给儿子从碗柜上取下银碗。熟透的火烧馍散发出酥脆的麦香。

　　母亲平静地看着儿子的眼睛，对儿子说："我的儿子，好好吃饱吧。"

　　儿子深情地看着母亲，想说什么却闭上了嘴巴。

　　母亲说："你有话就说吧。"

　　儿子再把头埋下去，认真地吃喝起来。

　　吃了一半的火烧馍时，外面响起杂乱的脚步声，然后是敲门、捶门、砸门的声音，一声比一声暴烈、响亮。

　　母亲说："我的儿子，这顿饭你慢慢地吃，不要太快！"

　　窗外的声音显得咄咄逼人，声音中像是有无数的怒火在燎天噬地呢。此时，还有枪声从窗口啸叫着飞到灶头，再钻进灶壁里，同时窸窸窣窣地抖落下许多的尘屑。

　　儿子终于把馍吃完了，盅里的酥油汤也只剩了一层浅浅的黄灿灿的液体，把茶碗里的茶也喝完了。

　　儿子站起身。母亲觉得自己差一点将胸中憋屈的悲声放泄了出去，好在转身的一刻，她把牙齿一咬，胆汁般的苦水回落了下去。

母亲又问："吃好了？"

"是，阿妈，吃好了。"

母亲又一次觉得自己无法忍住扑过去抱吻儿子的冲动，儿子低头的瞬间，她攥紧拳头，任由电流般的痛楚幽幽地剖开心瓣再猛然沸腾后隐藏了起来。

儿子在前母亲在后走出正屋，下梯，拉开门闩，把门敞开，平静地出现在他们面前。

一时之间，他们都傻了眼。刚把他们父亲杀死在院子的仇人此刻没有带枪，连腰间的刀子都消失了，竟然是赤手空拳，像一个待宰的无辜的羊羔。

母亲说："你们不是要我儿子的命吗？我把自己的儿子带来了。我儿子刚为他父亲报了仇，现在，一命还一命，天公地道，我和我的儿子没有任何话可说。但是，我请求你们，看在我们寡母独子的分上，请让我们自己把命献出来吧。求求你们了！"

在喑哑而蛮横的乌曲河边，儿子已经在背上捆牢了石板。

母亲再也无法自持，摇晃着身子扑向儿子，深情地长吻儿子。

母亲揩干儿子的眼泪后，儿子低声请求母亲不要哭泣，请求母亲让他安稳前行。

当母亲在那张多皱的脸上挤绽出一丝阳光般金亮的微笑时，儿子走上古老的伸臂木桥。

儿子还没有跳下去，咬紧牙齿的母亲的泪水泛滥开来……大地在颤抖。

随着"咚"的一声——母亲觉得儿子"咚"地跳到自己的心里来了，深深的，尖锐的，疼痛的——先还冒起了一串水泡，然后，一片阒寂，水面恢复了原初的平静，像是什么事也没有发生过。疼痛的母亲也深深地浸没到岁月深处了，无言无语却感天动地。仇家像乌云般流散开去……

隐　修

　　他在雪山的山洞里开始为期三年三个月三天的修行。雪山环境清幽，非常适宜修行。他全身心地投入到闭关修行中，丝毫不分心于对环境的喜悦。他开始修诸多法门。有一天，他感到自己的身体遇到了奇特的感应，头脑中无法止息汹涌澎湃的各种念头、情绪，眼前还出现了各种幻觉，他看见各种非人、有情，围着自己跳舞，种种生灵鬼怪附上身来。他还看到自己执着兵器卷入战争中，砍杀了很多人，他甚至在茶杯里都看到了令人恐惧的野兽，野兽发出骇人的叫声，他感到自己的心脏都要迸裂了。恐惧之状将他紧紧捆缚，似乎整个世界都被颠倒。当他意识到这一切都是因"我"、"我执"等引起时，所有的概念和感受都消失了，那些影像随后了无踪迹了。之后，他开始经历心灵的各种成就，心灵越来越感受到种种善妙的体验。可是，饥饿袭来。每天，他除了能喝点茶之外，很少有入口的食物，身体日渐虚弱，呼吸困难，胸口发闷，脚步都难以挪动。一天，水壶空了，他到洞外的山泉边打水时晕倒在路上，当他苏醒后想站起来时，身上像压了一块大石板似的无法站立。这时，他想：看来我是要死了，怎么办呢？心里涌上一阵悲凉。随后，另一个念头又冒了出来：我是为修持正法而死，应该感到高兴才是。于是，心生欢喜，他终于又站了起来。他回到山洞里，点燃一些平时为风病而留作药用的糌粑粉，嗅一下糌粑熏烟，然后，又烧了一点茶喝下去，身体渐渐恢复过来，他再次投入到修行之中。当他走出禅修之后，他想：我得出去找一点食物才行，否则，我会饿死的。他离开山洞踏上山路，由于身体虚弱，他一次又一次倒地一次又一次艰难地爬起来。当他再次摔倒在地时，他想：我是多么愚蠢啊，上师吩咐我修法我却出去找食物，哪怕我死了，在圆满此次闭关实修前，我是不应该出去的呀。于是，他返回山洞一如既往地禅修。晚上，他听到一阵敲门声，但因为在修法，他没有理睬。禅修中途休息时，他发现门口有一罐酸奶，他拿回洞中吃起酸奶，这酸奶似乎有某种奇效，他的身体恢复了健康。数天之后，道友们也给他送来了食物。终于，他圆满完成了这次禅修。在后来的多次修行中，他还接受过病痛的折磨，一度到了死亡的边缘，可是，他没有丝毫的沮丧，相反，他总是这样想：今天，我有机会让色身吃点苦头并调伏我贪欲的心，以苦行来修持正法，是在实现我的目标啊，我应当高兴才是。况且，我正在经受的艰难困苦是我过去积累的福德善业恶力的成熟，它正在净除我过去多生累积的业障啊。就这样，隐修者实践了佛陀的"越过刀山与火海，舍生赴死求正法"之教言。后来，他终于成为一位享誉雪域的大成就者，弘扬佛法，神通无碍，续上了雪域佛法传承的黄金之链，留下了绵绵不绝的传说……

　　我在一座叫康定的小城中，在圣者的传奇里，看到了心性清澈纯净，犹如一湖碧水，清凉了我物欲中浸泡的尘心，也熄灭了燃在眼眸深处的一簇簇欲火。我学着圣者那样，将心的眼光反照内心，把不属于心的种种外在束缚全然卸下来，身心豁然敞亮轻松起来……

现代奴隶

　　我是一位现代奴隶，表面光鲜，衣冠楚楚，言语动听，举止得体，还有着一些自上而下的权力。可是，我知道我是一位根深蒂固的奴隶，一个不可救药的人，我兼具天神和恶魔的性格，更有着可怕的癫狂之症，总想在无人的地方胡言乱语，因此，我有着娼妓的水性杨花，没有人知道我什么时候是真实的什么时候是虚假的，连我本人也分不清我吐出的言辞哪句是真话哪句是虚构的，甚至在我日常的生活中，妻子也弄不清我的何种表面是她可以依托终生的。

　　在所有的奴隶中，我发现只有我是坦荡的——当然是私下隐秘的捣蛋或疯狂，唯有我的胡言乱语时常切中要害，令人万分害怕。可是，我要声明：我是一个不愿做奴隶却行着奴隶之实的人；我是一个无比愚蠢、无明的人，是偶尔清晰的跛脚汉，也是一个极度无明的人。所有的奴隶们批评我的愚笨，唾弃我的不会钻营和圆滑，不分日夜批驳我的老实和迂腐，唾骂我的不善变和不经营，反对我的自由和疯癫的思想，他们甚至还想把我从奴隶降人一等——不知道一旦结局果真那样，我的身份该是什么，我又会与什么人同甘共苦或者同流合污？所以，我是一个不合群的人，是奴隶伙伴们所不欢迎的一个异类。

　　我是物欲的奴隶。物欲已经把我的心日夜囚禁。我听着灵魂夜夜发出的哀叫，可我就是无动于衷，我把自己的同情心和慈悲心都抛诸脑后，听凭它一点点死亡，最终变成他们中的一员，成为行尸走肉——天哪，我的癫狂又要发作了吗？请你们务必不要将我的胡言乱语告诉他们，否则，我又有好日子过了。当我甘心堕落成为物欲的奴隶之后，我每日里思想的都是如何不择手段地劫取财富，做生意、钻营，或偷或抢，无所不用其极，只要没有伤到我自己，只要能为我的"主人"带来令他狂喜的财物，只要他满意，一个奴隶还能有什么奢求呢？本来，我是一个清心寡欲的人，我的思想也极为单纯：我只有一身躯壳，一张填食进去的嘴巴，两只把声音吸进去的耳朵，排放出来的也就两个口子：一个是液体，另一个是稀渣，而眼睛只是分泌一些带咸味的液体，而且越来越少得可怜，还虚伪，晚上睡觉也只需要一张身体大小的床位而已。在我结婚生子后，附带也就多两三人罢了。可是，他们告诉我：你是一个落伍的人，一个不识时务的人，一个愚笨如牛不开化的人，一个无法纳入其中的人。经过他们苦口婆心的开导，我最终成为一个令他们满意的人，甚至于超越他们，比他们更为优秀，令其中的不少人狠狠地磨利牙齿，恨不得将我咬死。因为我通过坑蒙拐骗，从他们的手中也夺下不少财物，一次次奏起胜利的凯歌，令我的"主人"十分满意。有一次，我还窃取国家财产，差点被丢进监狱，沦为没有自由的人。好在我已经有了一个圆滑灵光的脑袋，我早已看出上司与我一样都是同一个"主人"的奴隶，于是，我投其所好，稍微用了一点财物就将他收买了。就这样，他放过了我，而且还与我成为一对最要好的朋友，每次见面相互交流获取财物的办法，探讨讨好"主人"的各种伎俩，然后乐不可支地开怀大笑。

我是言语的奴隶。过去我还存有当一个诗人的梦想，自从我结识他们之后，大家争着献上颂歌，争着讨好卖乖，于是，我也开始学会察言观色，学会用带蜜的语言说话。自从我沦为物欲的奴隶，一切都变得容易起来。起初我还懵懂不知，乱发过不少愤世嫉俗的杂音，当我的"主人"还没有声讨我之前，我主动坦白，"主人"十分高兴我的作为，从那以后对我更加重用，我的前程无可限量呢。

　　我还是权势的奴隶。背后有着物欲"主人"的撑腰，权力就变得可爱受用了。在我们那个时代，权力意味着权势，权势意味着各种关系和资源，各种关系和资源意味着我能够为"主人"夺取更多的财富，甚至使他成为财富可敌天下的财主——说不定他满意了知足了，某一天令我休假也未可知呢。为了攀附更大的权势，我日夜卧薪尝胆，不知在背后费过多少心机，洒过多少无言的汗水，好在功夫不负有心人，我一点点成长起来，聪慧起来了，到了某一天，我竟然自身也拥有了权势——这是我未曾料到的。从那以后，我们这群人高高在上，举手投足间就能做成一桩桩大生意，当生意随着我的权势的阶梯向上攀升之后，我的权力也更加如日中天，牢不可破。在这样的天地中，有一天，我猛然发现：我成为一个小小的奴隶主了，身边簇拥着一些更小的奴隶，他们也像我当初一样，满眼燃烧着欲望之光，渴望成为像我一样的成功人士呢！你想象不到我那时的心境是何等的爽气哟，仿佛天空和大地我都可以揽在怀里，一切听凭我的调遣支配。在那一刻，我知道自己发达了，我已经进入了另一个境界，我是一个非凡的奴隶！

　　我还是偶像的奴隶，惯性的奴隶，美色的奴隶，是知识的奴隶，科学的奴隶，黑暗的奴隶，信仰的奴隶……我装腔作势，我变幻无穷，奴隶的形式和方法以时代而变，随风水而进，多姿多彩，风光绚烂。我深信：只要动力不竭，我们奴隶主义的世界就不会消亡，"自由"解放的日子就不会降临！

偷来的故事

　　那段时间，我像个偷窃者耸直双耳四处听闻各种各样的故事，然后，一转手就把人家的故事变成了自己的"作品"，有时堂而皇之地署上自己的大名，公开发表出来。这样的事情多了，有时候，我羞于下笔，像个小偷受着良心的谴责。可是，那些故事却翻来覆去地折磨心灵，令我无法安然地生活，仿佛它们进入了耳朵，我就有将它们留宿下来的义务。有时，我把那些故事和人物印在夜梦中，它们就能安生一段时间，可是不久之后，它们又再次跳出来，张牙舞爪地不愿放过我。我给它们讲述版权知识，它们充耳不闻，似乎我在对牛弹琴。于是，我愤愤地吼叫、诅咒……

　　那个时代，僧人被迫回到尘世。阿扣脱了僧装穿起俗衣，并当上了驮脚娃，倒也过得自由自在，时常往来于县城与康定之间。当一个人和影子相伴而行时，在密林和河谷的孤旅中，他还麻着胆子捻动佛珠嘴里念祷经文，因为那几匹马是不会像人一样出卖主人的。那次阿扣要回县城时，一个干部带来了一位汉族姑娘，说是去看县上工作的男人，让他安全地将姑娘带到县城，交代说

074

这也是任务。女人叫李平，阿扣总是叫不好那名字，后来竟然在路上给抖忘了，于是，他干脆喊她"布姆（姑娘）"。

从康定到县城的路上要过一夜。当天，他们翻过雪山后，天色慢慢昏暗起来。阿扣选择山背后一个避风的小台地宿营。下了驮子后，开始捡柴、生火、烧茶。李平先一直以戒备的眼神看着他，后来，像小鹿般不安的眸子渐渐变得平静了，然而，她什么忙也帮不上，一路上阿扣还得照顾她。李平皱起眉头喝酥油茶，又强咽着干硬的锅盔，阿扣见她这样，开心地大笑，弄得李平也红着脸笑起来。阿扣难以理解：在山上没有什么东西能胜过酥油茶啊！嚯，天下竟还有人喝不惯酥油茶的。难道汉人不喝茶的吗？在阿扣的眼里，李平是漂亮的，干净的。在李平的眼里，阿扣的外表是脏污的，而且显得邋遢，不讲卫生，几乎不忍目睹。

半夜里，先是狂风怒号，接着天穹像黑色的锅底低低地罩覆到头上，不久，雪花漫天盖地，像要把天地万物都吞噬掉。火堆越来越小了，李平先还裹着单薄被子睡在远离火塘的地方，现在，在逼人的寒气中，她瑟瑟打起抖儿，本能地向着火堆一点点挪移过来。雪花越来越浓密了。火炭的眼睛终于熄灭了。幽深的暗夜在风声中，在细密的簌簌雪花声中把天地间一咫尺之内的东西完全笼盖了。此时，像从深渊或地狱里爬出了魔怪，一阵阵凄惨的声音由远至近而来，灌进耳朵，再袅袅远去。李平被冻得全身失去了知觉，眼前，恐怖的魔鬼又盘踞到心中。啊，怎么办怎么办？我就要死在这荒山野岭了吗？泪水悄然淌下脸颊，很快就被风寒之神欢快地吮吸了。阿扣虽然没有害怕，但是，雪水也已经浸到被褥里来了，冰冷的风和钻心的寒意透到骨髓，开始像密密的小虫子般啃骨喝血了。

也不知道是什么时候，也不知道是谁最先本能地靠拢过来的，两人合盖被褥背着身而睡，然而，寒流更加强劲地袭击、包围、歼灭，把厚实被子的温意都逼走了，两人都哆嗦着打起抖儿，渐渐地，两人终于相抱而睡贴身取暖了！

也不知道风雪是什么时候悄然退走的，也不知道是什么时候两人都裸开了身子！

当太阳冲天而起，当温暖的一天重新降临时，两人都禁不住号啕大哭。

李平哭泣的是：我怎么对得起自己的男人呀？嗯，嗯嗯，我怎么会与这么脏的驮脚娃睡了？难道是疯了吗？

阿扣悲号的是：啊啊，难道我是被魔鬼引诱了吗？我怎么一夜间就破戒了呀？

两人像仇人般相向，眼睛向着对方喷射愤恨之火，都觉得被对方诱惑了。

雪路上，除了马匹的铃声和喷鼻声，以及林鸟嘹亮的歌唱之外，两人哑闭着嘴巴，连呼吸都变得轻微，似有似无……

李东看见一个人影在车头一晃就消失了，他心里一惊：莫非我撞人了？便急急地刹住车，哪知脚却踩上了油门，汽车轰然咆哮着冲了过去，车身抖了几抖。李东觉得自己的脑袋变大了，无用了。他梦游般走出车子，又像影子般来到那个人面前。血肉、肠子已经铺了一地，而那人还没有咽气。当李东俯身抱起他的头哭泣时，那人皱纹密布五官棱角分明的脸上竟然绽出一丝笑意，李东连声说"对不起对不起"，老人凝视着他，眼里闪过一道炫目的亮光，然后，脑袋一歪，走了。

李平听到儿子闯了祸，整个人完全吓傻了。女儿和小儿子都要跟随母亲一起去看哥哥。李平吼道："哥哥闯祸了，你们不要再添乱了，老老实实地在家待着，听保姆的话。"李平急忙赶往出事地点，嘴里不住地自问："怎么办？这可怎么办？"她想象着当地人对儿子暴打暴踢的样子，或者，他已经被人一刀捅死了吧，李平颤抖着身子，人如同浮游在一片河面上，七上八下中到了村寨。

老人的尸体已经用白布裹着放置在正屋外的木板床上。家里聚集着很多人，偏房里一些僧人正在念着超度经文。儿子一脸恍惚地站在人群中。李平一见儿子，破口大骂，说他不听父母的话，非要开车，现在好了，闯了大祸，他可以去坐牢了。李平对儿子又踢又打，儿子无声地流着泪水。村里人把她劝开了。乡干部们也来了。他们一来安慰死者家属，二来是要保护李平和儿子，以防发生不测。

李平听到那个熟悉的名字后，执意要看看死者。当她透过密密的皱纹，认出那是阿扣时，悲痛突然将她击倒了。人们七手八脚地将她抬到正屋，好一会儿她才醒过来，她喃喃自语："罪孽，造的什么孽呀?"

村人很感动。

"听说，那女人的男人是我们县上最大的官儿呢。"

"那女人心地善良呢，人都晕倒了。"

"阿扣有福气哟，连汉人的官太太都为他哭泣。我们死的时候，现在的这些娃儿说不定连一滴泪水都不流。"

"是呀是呀，谁说得清呢。"

乡干部做着死者亲人的工作。阿扣的妹妹只是哭泣，最后嗫嚅着嘴唇说："命啊，这都是他的命。"阿扣的弟弟说："人都死了，就把超度法事作好吧。是，我知道，他也不是成心压死人。"李平说阿扣超度的所有开销由她来承担。

荼毗那天，全村人都来了。阿扣一生无儿无女，虽然后来再没有入寺，但是一生口不离经文手不下佛珠。当火焰在柴薪上腾地燃起时，李平要儿子跪下来。李东早已从恐惧和恍惚中走了出来，身上又滋生起纨绔子弟的脾性，甚至在心底觉得这些人软弱可欺——只是这样的心思是万万不能说出口的。李东白了母亲一眼，依然端直身子站着。母亲终于吼叫起来，那声音听起来让人害怕。"我让你跪下来，你聋了吗？你把人活活压死，还觉得自己了不得？"李东后退几步，依旧站着。村人不明白这母子俩在说啥，纷纷转过头来看。僧人们的诵经声像轻风一样飘荡在人群中。李平又吼了一声。李东依然没有动静。李平突然像疯了似的，冲上去狠掴了儿子一耳光，眼里喷出可怖的怒火："我叫你跪下来。"李东用手摩挲着火辣辣的脸颊，委屈得泪眼婆娑，终于跪了下来。母子俩以汉人的形式磕了三个响头，然后跪坐在那儿，眼睛凝望着火焰越来越大，越来越红艳……

旺杰说，李东不曾知道自己碾死了亲生父亲。李平把秘密藏在心底走了。村里人说，阿扣爱登山，爱坐在山顶，久久眺望通向山外的路……当公路修好之后，驮脚娃行业彻底消失了。

好玩的语言

尼玛去城里饭馆吃饭，足足吃了五碗，将肚子都要胀爆了。当开饭馆的女主人问他要不要再吃一点时，他挥着手说："没有意思。"将碗放在桌上。女主人端起碗盛来一大碗米饭，他心想：她真客气。想到人家已经盛了，便又埋头吃起来。他吃完后，主人又问他要不要再吃一碗，尼玛这次更大声地说："没意思。"女主人心疼地看着他，就又去盛了一碗，嘴角禁不住溢出笑意。他只好又接过来吃。如此，在他接连的"没意思"之下，竟然吃了五大碗。他始终没闹明白的是：为什么他很客气地说不吃了，别人却还如此盛情？他将这个疑问带回家，向懂汉话的哥哥请教，哥哥听了哈哈大笑，几乎笑岔了气。尼玛这才明白，自己是想表达"不客气"、"不吃了"的，可到自己嘴里全然变了意思，而且还闹了大笑话呢。从那以后，村里人见他都笑着打招呼："没意思"或"有没有意思？"令他哭笑不得。

丁真去菜市场买鸡，因为菜贩子是个不懂藏语的人，他说了很多藏语，那人总也没有弄明白，于是，他展开双臂，一边比画一边嘴里叫着"咣嗒，咣嗒嗒，咣嗒嗒"—— 一副鸡下蛋的样子。菜贩子还是没有听懂。这时，他看见旁边的一只菜篮里装着鸡蛋，便灵机一动说："鸡蛋的爸爸，鸡蛋的爸爸，懂?"贩子笑了，弓腰抽开竹门，伸手就从竹篓里逮出一只公鸡来。

阿度第一次到城里看病，在医院里待得久了，很想打个酥油茶来喝。茶烧开了，去借茶桶，他敲开了一位汉族医生的家门，支支吾吾地说了好半天依然没能说清楚，于是，他记起师傅们常说的"上坡下坡"，便用双手比画打茶的动作嘴里说着："上坡下坡，嗯，上坡下坡。"医生忍俊不禁，他最终还是把"上坡下坡"的茶桶借了回来。

藏族人认为公猪肉比之母猪肉，对病人来说更有利于身体的康复。当阿登被家人支着去买猪肉，并且交代必须买来公猪肉时，面对猪肉贩子，他大声地声明说："猪的男娃娃的肉，买，男娃娃?"肉贩子傻着双眼看着他。他眼里也满是无法交流的苦恼。

一位极为"幽默"的藏族人对他的汉族朋友说："你不要脸地吃噢，我去跳河。"朋友以为他要去跳河，赶紧拽住他，不让他走。当藏族人甩摆开朋友去提水桶时，他方才明白他是要去挑水，而让他"不要脸地吃"，大概想表达的真实意思是"你不要客气，随意吃"。

当语言的沟通功能不能正常发挥时，其作用会反向而行。

赤村与木匠两人在林中野宿，睡觉时，赤村用汉语对木匠说："你的脑壳宰到这里，我的脑壳宰到那里。"说时，手指着两个地方。木匠一夜无眠，心中的恐惧之火越来越盛。当赤村发出猪一样的呼噜声后，木匠偷偷地跑下山，逃命去了……

姑姑每次从城里坐车回来，只要没有晕车，便对村里人高兴地说："这次真好，我一点都没有邮车。"

外婆对嚷嚷不止的孙子慈爱地说："刮餐面，想吃快点吃。"

我对母亲说，我的母语变钝了，汉语反而十分流利；我的藏语已经跟不上我的心了，心的梦幻之叶无限茂盛，我的嘴巴感到吃力，因此，我只好借用汉字来表达心之梦想了。

母亲道：可怜的孩子。

我想对母亲说：语言是个好玩的东西，它让我在两种迥异的世界里不断流浪，寻找或者离开，茫茫然而又乐陶陶，偶尔也会像村里人一样闹上一点黑色幽默似的笑话。

梦

噩梦来了，似乎在传达某种极为不安的兆示。

我说，我打算不去接母亲了，让她们自己找车回来吧。

我总是在各种混乱不堪的梦境里奔波。可是一醒来，那些梦只在眼皮上停顿片刻，便像一缕风一般消失了。我恨不得重回梦境，攥住梦魇的头发，将它狠揍一顿。

大弟说，我梦见房子倒塌了。

我说，你的梦没个准数吧？

他很不高兴，说，准呢，所以才去打了卦。

那说啥？

俄绒说要念"咱"经，作"木"法事，似在兆示着属马之人。因为咱们家没有这个属相，所以不太要紧吧。

我的心突然生起某种不安的感觉。啊，这些讨厌的神秘的种子！它们总是在雪域肆意恣狂。如果真因为我的失意酿成大错，那……可是，谁又在造那梦的因子呢？

去它的吧！我才不怕。只要心不造作，我便是自己的主人，任谁都奈何不得！那些梦不过是串联的习气在它虚无的大地上独自成熟罢了。我不理，它只好夭折！

噶玛巴千诺！保佑我母亲平安回来吧！

牧人逸事

城市里，最先迷惑牧人的是灯光，明亮莹洁，那光明在草原的夜晚是多么需要啊！

他研究了很久，回牧场时买了灯泡和电线。当他把电线与灯泡连接稳妥之后，把邻近的牧人都喊了过来。说他把城里的奇异光明带了回来。

于是，他们安心坐下来等待黑沉沉的夜色早日降临——因为他告诉过牧人，光明只在晚上才能光彩夺目，像太阳一般。

在等待的时光中，他讲了见到的神奇铁马：只要用脚跟一踹，人翻身骑上，攥紧双耳，那马儿就轰鸣着飞驰，轰轰的声音响彻山谷沟壑，转眼间，铁马从这沟窜奔到那沟了。

牧人们瞪大双眼张开嘴巴，听得津津有味。

有人问：那莫非是格萨尔的坐骑去了城里？

不，他说，那是另一种马儿。牧人再问，他却无法讲清楚。包括那些四轮驭着的滚动的铁匣子。

当然，他没有告诉他们自己看见别人吃火腿肠，就在商场买了一根红蜡烛大啃特啃的洋相事。

夜色越来越深。他们久久看着垂挂在帐篷里的灯泡，最后，望得脖子酸胀，却依然没有等到光明的来临……

暴发户、破戒者及牙痛

右手食指和中指戴着金灿灿戒指的暴发户，来到一家饭店，他将中指与食指呈一个 V（其他手指弯曲着）字，向老板大声地唤道："来二两面条。"老板将暴发户深深看上一眼，也不答话，转身噔噔噔地上了楼。暴发户觉得奇怪，老板很快下楼来了，站在暴发户面前，举着左右手十根手指说："没有面条！"暴发户转身逃走。

老板看着阳光下炫目耀眼戴满戒指的手，哈哈大笑。

破戒者坐在角落里恸哭。僧人们同情地想："真是可怜可悲！五十多岁了，怎么就破了戒呢？"破戒者依然止不住哭泣声。有人终于吼道："破了就破了，你整天哭啥？死了父亲还是母亲？"破戒者哭着答道："我是哭自己来日太短呀！为何不趁年轻时破戒呢？"

女人牙痛，龇牙咧嘴，叫声连天。男人不屑地叫道："牙齿不过是一截小骨头，哪会如此疼痛？"某一天，他自己的牙齿痛起来，男人也忍不住哀声长号，女人道："别这样，一点骨头有啥痛的？"男人道："男齿与女齿能一样吗？"

哑巴经

家里准备杀过年的猪。

儿子还是习惯性地向老母亲请示。老母亲虽然已皈依赤村活佛学经求法，但是家里的事情还是没能放下，像一个染污了权力的苍蝇，飞到哪里都把权威之歌唱播到哪里。这一天，老母亲按活佛的要求，正在进行三天的"约尼"修行，俗称哑巴经，吃哑巴斋。在规定的时辰是不能说话不能吃饭的——据说，这是为了体验畜生道和饿鬼道的苦难，畜生不会说话，饿鬼整日处在饥饿之中，修过此法，传说死后可以不经此二道，投生到善道。

儿子问："阿妈，今天想把猪杀了，你说可不可以？"

母亲的嘴角翕动了一下。

儿子再次请示。

母亲撅了撅嘴，并张开了嘴巴，然后又猛然闭上。一个学法的人就算可以开口，也是断然不能说出"杀生"二字啊。

儿子十分顽固。

母亲终于露出愠色。把右手五指张开伸向儿子的脸，她觉得还不够，再翻过手背，再掌心向内，把手背举到儿子的眼前。

儿子很惊诧，也很顽固。他再次问道：

"阿妈，你说到底杀不杀猪啊？"

灶头的水滚沸得越发厉害了。

无法开口的母亲最终抗不住了：她先举起捻着佛珠的左手，再举起右手，将手掌比画成刀子样，向着左手做砍削的动作，同时，抿紧的嘴唇跟着上下左右翕动。

儿子忍不住哈哈大笑……

荣归故里

当一掬沙子被沙海包围，当一片稀疏的林子被林海包围，当一条小溪汇入大海时，人类的文化将趋向宽广而无涯的大境界，在所有翻腾的浪花里，你都能听到同一种声音，那可是由多种不同的音韵和色彩所构成的哟。

但是，我现在想要说的是另一桩事情，是关于河水的断流，关于血脉的竭止和人心的不安。

文化的震裂是来自两次强大的行动：一次是破旧，一次是文化的被革命。当我走进历史的潮流，当我日渐长大时，那条河流近乎干涸了——当然，后来的复苏是另一个春天弥天盖地而来的时候。因此，我的人生开启的是一种全新的学习和生长，直到我在山外功成名就。

这个故事的主角是我。应当说我是衣锦还乡呢。

村里人都跑来看望。大家都想看看下草家的孩子，据说他已变得不得了，成了一个闻名遐迩的大人物了，那他成了什么与别人不一样的样子呢？所有人都想瞧个究竟。我看出他们的心思。因此，我故作神秘，故意将架子摆得很大。他们只见过县官，我的架子和气派远在他们之上，于是，我将他们震慑住了。我看到他们眼里的卑微神情，看到我在他们眼里一点点高大起来，而他们自己却一点点变渺小了。他们眼里的那种落寞、迷茫和不甘的样子，令我忍俊不禁。村里人真是好对付呢，我自傲地想。他们刚来的时候，我知道他们的心思是：下草家孩子不就是我们看着长大的吗？难道他能成了龙成了帝？他的父母还不都在我们身边吗？不都天天在一起劳动吗？当我的话里带着足够的瓮声瓮气，流淌着足够的高高在上之后，他们觉得我真是难以接近了；当我对众多的随从可以呼风唤雨指手画脚，而随从们一副战战兢兢俯首帖耳唯命是从的样子——有时，我大声训斥，他们变得更像绵羊——之后，他们终于相信了我的权威，相信了关于我已经变得不得了的传言了。于是，他们也变得温良了，再也不敢得寸进尺了，因为，我知道许多人起初还有着试探我的念头，萌生着戏弄我的念头。所以，这场心理较量最终以我获得大胜而结束。我的威严在村人中间在亲人里已经变得稳固了。我自在而快乐地生活在浮云般的优雅和闲逸之中。如果后来不再发生那件事情，我将在村人中间留下永久难忘的印象，也就不会有我后来内心的隐痛和伤痕了。

临到我要远行，到功成名就的地方去生活了，村里人突然觉得有些难舍难分，他们颇为我感到自豪和荣耀。而恰巧我要走的头一天，村里举行了一场歌舞会，跳锅庄赛歌，一是庆贺村里的一场法会刚刚结束，二是我要走了，算是为我送行。村里人在歌词里增加了为我祝福的祈愿，增添了赞颂我的内容，而村里的老人们集体到家里来请我，眼看一切功德圆满，我心里一高兴便愉快地赴会了。他们为我设了中间的位子，还让我的双亲陪坐在两边。我的父母是多么自豪而快乐啊！他们什么时候领受过如此大的荣耀呢？可是，事情却向我不曾预料的方向发展下去——我后来不禁这样想：那是神山护法们对我的故意嘲弄吧。在村里人一次又一次的欢呼和鼓掌声中，像是被魔鬼驱使，我真的站到舞场的中央去了。村里人原以为我是在谦逊，所以年轻人一次次更加起劲地欢呼鼓掌。大人们也想借此机会让小孩子们一睹我这个名人的风采，把我树为学习的榜样呢。在人们的欢呼海啸声中，我看到了母亲的脸笑得像一朵花，看到父亲的头高高地昂挺着。当我站到圆心时，所有的声音都戛然而止。我听到人们的呼吸放缓了，我听到自己的心怦怦地跳着。于是，我开口大声地讲话。

人群突然像被施了魔法，所有人变得目瞪口呆。

我讲出的竟是异族的语言。

在人们迷离的眼神中，我发现了自己的失误。于是，我突然噤了口。

人们这才以为我故意卖弄自己的学问呢，所有人又都咧开了嘴巴开心地笑起来。他们想：下草家的孩子真是不一般呢，那异族语言说得像枪声嗒嗒嗒嗒流利非凡，难怪别人这样发达。

当我再次张开嘴巴时，我发现自己已经不会说村语了。

天哪，我什么时候将自己的母语忘得一干二净了？

我的嘴唇嗫嚅着，心在悸动中搜索着记忆中关于母语的残渣余汤，在吞吞吐吐中，我的话儿像一个疯子的语言颠三倒四地爬了出去：

"今天，我，高兴，也……想…有…话说，大家……不是……你们……还有亲人……当然……时间……或者……换一个……地方大会……我……可以……总之，风沙，眼神……还有哪里，叫城市，总之，我……"

我看到人们面面相觑，然后，相互交头接耳，嘀嘀咕咕起来。

天哪，我一世的英名就此荡然无存，我的威名扫地了！情急之中，我扬扬手臂，人们的眼瞪得更大了，我一歪身，装着眩晕的样子，倒在场地中央。我听到人群发出哗的声音。我紧紧地闭上了眼睛。人们冲上来将我围住了，我听到了父母的哭泣声，听到人们担心的叫唤声。啊，我终于解脱了。村人抬着我回家了。当我躺到床上时，清亮的耳朵里灌满了人们的问候声，纷至沓来的脚步声……

第二天，我被随从们扶着上车走了，是去治疗，也是假期满了，但我自己明白：我是逃走了。

我不知道村里人对我有着怎样的评论。从那以后，回村庄成了我的一块心病，我再也没有回过家乡了。

大师逸闻

　　大师伏在报社杨树下，将手拳成喇叭之形，不久，在黄昏朦胧的光影之中，在河水哗哗的声响之外，又多了一声粗浊的鸟啼声。此时，在一间小屋子里的妇人就变得心急火燎起来，她对男人说："啊呀，我跟措木约好去打牌的，她肯定等急了，我得赶紧走。你放着吧，碗筷我回来后再洗。"男人瞪妇人一眼，女人却不理他，慌慌张张地出了门。

　　大师看见女人下了楼梯，他转身先回了屋子。

　　他们说，当妇人的老公出差时，两人的暗号是：女人在阳台上晒出被子。

　　单位里的人时常在黄昏或夜里听到各种鸟叫，甚至，有一天响起清亮的布谷之声，心里便顿时乱了时间概念，以为又一个春天降临了。某一天，一位同事偶然撞上大师站在杨树的阴影中，一声声叫出鸟叫声，又见他鬼鬼祟祟地蹑足而行，便忍不住好奇地跟踪，这才发现了两人偷情之事。很快此事传遍了整个单位，于是，大师换了个单位。

　　大师发奋之时，妻子为他分担了一切家务。大师也给她勾描了自己成名之后无限幸福的美景。妻子本来也是学画的，而且才气不差。可是，她放弃了自己的特长，专心为男人的事业服务。传说，有一次，大师画一幅女将的形象，女人将扫帚举在胸前，站在门后，给他当起模特；又传说，女人在儿子熟睡后，给男人当裸体模特，一坐就是两三个钟头呢。

然而，大师的激情仍然难以收束，心像花朵一般绽放。有一次，邓波深更半夜翻越中学铁门而入时，竟然遇到大师也正艰难地攀缘，翻身而下，嘣，跳到地上来。大师见到邓波吃惊不已，都是同事，又见艳事曝了光，大师倒也大气，哈哈一笑，拍拍他的肩膀，两人相携走进校园。

许多年以后，大师终于成名得利。绘画多次在国外展览，声名如日中天。各种荣誉接踵而来，地位连升数级。大师的口才如悬河瀑布，征服了一批批国内外喜爱者，也得到了一级级政要的充分肯定。此时，大师的妻子已是人老珠黄，大师倒也大度，给了女人丰裕的物质回报和一颗受伤的心灵后，带着小情人，调到省城去了，上面给他配了车，给了住房，大师自己又购置了几亩地，在别墅里过起了优裕的生活。

大师频繁出现在媒体上，大谈他的奋斗史，特谈他的作品如何跨越时空，说人们在三百年之后，才会懂得他的绘画，他不求当代人理解他的作品。当他的同事说他的某幅作品全然不懂传统文化，是歪曲误解时，大师愤怒得像雄狮，威胁以诽谤罪将同事告上法庭。官方出面，大师这才消了气。

从此，大师成了名副其实的大师。过去生活的影子完全从履历中抹去了。

大师舞动着手张狂地说："那一天，天空中雷霆万钧，突然一阵闪电把天地劈开了，当闪电将天地照亮时，我的头脑恍然间被打开了似的，内心豁然明净，灵感源源不断地流入……"

记者问道："你是说，你在那一刻开悟了，突然懂得了绘画的真谛？"

大师说："我这样说了吗？哈哈哈……"

台下响起了掌声。

事实上，那时的大师在一座偏僻的寺院中，临摹着一幅幅古老的唐卡壁画。他知道自己的绘画水准只能达到那些杰作的千分之一，而寺院深居一隅，不为人所知罢了。这也是大师的秘密之一，如同他风花雪月的风流史。

戒　烟

　　那次，我去见热柯活佛，也是鬼使神差，我突然决定戒烟了。在活佛的经堂里，我的心思却被最后一包香烟缠绕，我有一股强烈的吸够香烟的冲动，因此，在他们与活佛闲聊的过程中，我出去了两三次，上楼顶或到院外去吸烟。啊，烟的味道这样勾心摄魄，令我从心血里感到那痒酥酥的甜味。可是，另一种力量也逼使我下决心。我后来猜测：还有一种缘由是我一人的工资需要供四个人的生活，潜意识里我就不得不断腕而为吧。活佛见我落魄的样子，就问：你怎么心神不定的？我说没有啊。当我想开口提出戒烟时，舌头像打了结似的，半天说不出话来。活佛又说：赤村，今天像是有心事呢。我再次走出屋子，站在院子里狠狠地猛吸了一支烟之后，把还剩几支的香烟盒丢在地上，用脚踩得稀烂，然后噔噔噔攀梯而上，进经堂一落座，就对活佛说：我要戒烟。活佛说：你真要戒掉吗？我说：是的。活佛的妹妹却急了：你千万别让戒啊，你可知道他的烟瘾，从来烟不离手的。活佛哈哈笑道：人家要戒，我还有不让人戒的道理吗？活佛的妹妹转头对我说：赤村哟，自己做不到的事情，何必去做呢？你戒了又吸，令活佛也脸面扫地。我还是决心戒掉。我问活佛：有人说在活佛那儿戒烟后，再不会想它了，是这样吗？活佛说：如果一个人有信仰，自己也下了决心，那是可能的，如果没有信仰，嘴里吹三口气，能有啥作用？你是否戒烟，再想想吧。我执意而行。活佛妹妹的担心可想而知。她说：反正我给你俩说，你两兄弟自己看着办吧。于是，活佛念了一段经之后，让我到他面前，给我嘴里吹了三口气，又让我吃了一颗药丸，头上金菩萨倒是没有搁。仪式就这样简短地结束了，而我的苦难才刚开始：白天漫长难熬，我像失掉了某种东西似的，手总是不由自主地去摸索衣兜，想掏出啥东西来。当我走到屋外看见别人嘴上缭绕的烟儿时，我身上就会起一阵战栗，连看到丢在地上的烟蒂，内心都忍不住去想象甜美的烟味在嘴里袅娜而行，滑溜到喉管，再到肺上后肺儿快活自在的样儿。还有，当烟雾从鼻孔中喷出时，那种痒酥感难以用言语形容啊。我时常发现自己把食指中指撬开呈夹烟之状举在嘴边呢。当我逃回屋子里，从窗口看见抽烟的人走过时，我都能闻到浓浓的香烟味道，我赶紧拉上窗帘。我像一个患病的人，不安地走来走去，我又如一个失魂落魄的人，每天都在寻找着某种东西。到了最后，我连饭都吃不下了。白天还可以用理智控制，到了梦里我却没法自制，我一次次梦到自己在抽烟而惊醒过来。我终日足不出户，在屋子里睡了一个星期。一个星期之后，我的嘴巴肿胀得像猪尿泡了。妻子带着我又到活佛那儿。活佛给我吹气加持，又赐了一些药丸。活佛的妹妹见我这样，便说：我给你说了别戒，这下好了，还怎么下梯子啊。我对她说：放心吧，我会戒掉的。说得容易，我却又一次次受着烟瘾的折磨，说实话，一年之后，我还梦到抽烟呢，有时，梦中手举起来狠砸在墙上，把自己弄醒了，因为正醉人地抽着香烟，突然惊觉自己是戒了烟的呀。

像人生的各种苦恼一样，戒除上瘾的东西也是一种沉重的苦难哟！

一年又半载之后，香烟渐渐从生活中淡去了。我能够经受它的诱惑了，在梦里，香烟也烟消云散了，新生活这才天高云淡地降临。

于是，我终于高高兴兴地去见活佛，告诉他我终于戒掉了。

活佛很高兴，听了我的经历之后，称赞我的意志力，活佛一家热情地留我吃饭，并让我住上一夜再走。

我对活佛说：仁波切，感谢你让我戒掉了烟。

活佛说：哪里是我让你戒掉的，是你自己戒掉的呢。

我说：如果不是想到我令你摔在地上，我早就抽上了哟。

活佛哈哈笑道：你抽烟能对我有啥损失？从表面看起来你是在戒烟，事实上是在戒一种心病啊，心病治好了，烟便对你失去了诱惑力。

从戒烟的成功起步，我开始学会扼制、克服或消灭内心的欲望了，我相继戒掉、斩断了许多身外之物的侵蚀、诱惑……

酒　鬼

你真的戒酒了吗？俄称问酒鬼朋友。

酒鬼说：真的戒了，已经一年了，你还不知道？

怎么想到戒酒？何苦啊？是谁令你戒掉喝了三十年的酒？

是格绒，你侄儿嘛，我女子的男人。

你也是爱巴结，因为他是局长吧？

哪里，他对我们家真帮了不少忙，对我也好。

在哪里戒的？自己心戒？

自己怎么戒？是他带来绒木活佛，在活佛面前戒的。

真能办到不喝一滴？你看你的眼睛红红的，你今天肯定喝过了酒。脸上的伤口是被女人剜伤的？

哈，哈，你说啥呀？我哪里会？

难道我还不懂得你？别装腔作势，承认了吧。

是，今天心里不舒坦，到格绒家喝了一点啤酒。

啤酒不是酒？我是说你喝了吧。再喝一点？

不，不能喝，戒了就戒了，绒木说一旦破戒，他的护法神要报复呢，说护法的眼缝细细的，不分白天黑夜都盯着人。

你怕了？你过去是个天不怕地不怕的汉子，现在咋啦？时下的活佛们谁不吹嘘自己？护法，谁看见过？再喝一点？

你想出卖我吧？

怎么会？朋友嘛，我才这样说。况且，格绒也不会知道的。

那你去买？

我给你买一瓶来。

酒鬼抹开嘴巴，眼睛迷醉地看着俄称。

香吧？酒嘛，多好的东西！现在破戒了？

你可不能告诉格绒，你侄儿是个老实人呢，他会说到做到的，他说只要我再喝，从此不进家门一步，也不与我说话。

哈哈，酒鬼毕竟还是酒鬼，有了第一次，以后的机会就多了。

也不要告诉我女子噢，你答应过的，她对我也好。

不是说她不是你的亲生女儿？

谁说的？你可不要乱说。

那，为啥不让她当家？

她是干部吗？不可能的。

别装了，你就是被自己的伪装给害的！

影　子

　　我醒来就问，哎呀，儿子不是要去学奥数吗？快看看时间。一贯早醒的妻子却迷糊答道：算了吧，今天让儿子休息，我向老师请假。怎么啦？时间正合适呢。妻子连眼睛都不愿睁开，答道：我梦见特工人员追捕儿子，我哭得很伤心，正四处求人呢，我有些不放心。我觉得可笑，但是，又隐隐生出某种不安来——虽然小小的儿子无论怎样也与国安扯不上关系，然而，万一真出意外的事情呢？比如：被人贩子拐骗，或遇到横行霸道的车子。

　　儿子在自己的床上翻了一下身子，听到我们的决定，便不再装睡了。我早就发现他醒了，只是使劲闭着眼睛，毕竟他不愿意星期天去补习。可是，他害怕老师，我们还没有请假，他便提醒我们该给老师打电话才行。

　　我说，我知道你本来就不愿意去。

　　儿子夸张地说：阿爸，哪个说的？是你们自己不让我去的。

　　然后，他转移了话题，说：阿妈，我梦见秦始皇杀了很多很多人，有好多老人呢。

　　看见出血了吗？

　　怎么了？

如果梦见血表示交好运。

没有看见血，儿子说，我只记得刀锋。

什么刀锋？

砍头的刀锋。

我也跟着喃喃诉说自己的梦境：一群人忙碌不堪，像无头苍蝇，却没有做出什么成果。我一会儿在城市，一会儿又置身于乡村，总是处在焦虑中：找车要回到某个地方，比如老家或工作单位，焦头烂额时，爬山去乘直升机。我还与儿子一起打篮球，球却被人光天化日之下抢夺而跑。我与绒木活佛坐在一起，当我俩走出土屋时，绒木说：神山的代表化身为各种动物下山来了，你帮着我去喂喂吧。我看见奶奶依然坐在灶塘边，她怀里抱着一个小小的婴儿，像是儿子。我在心里疑问：我儿子何时变得那样小了？

儿子咋咋呼呼地叫道：阿妈，我梦见你生了个儿子。

妻子悄声对我说：难道我怀孕了？

我斩钉截铁地说：不会的。连梦都信？

妻子说：谁知道呢？我还是有点担心。

影子憧憧，搅拌了黑夜与白昼的界线，混淆了幻梦与现实的领地，也把我人生的多棱面裹和得面目不清。

当妻子与儿子起身走到光明的白日里时，我看见一层层影子从他们身上剥离、消融、遁形，而我也戴上面罩，让那些不曾道出的影子在心脏的暗角躲藏，我像一朵绽开的秋菊，打一个长长的哈欠，步入未知的新的一天……

獒犬的传说

在金色的草原上，有一只来自雪山的獒犬，主人非常喜爱它，就给它取名"狮子"。

主人与狮子过了一段亲密的岁月：狮子从小狗变成威猛的獒犬，从目光躲闪胆小怕事的孩子变成了畜群的守护神，从一个部落出名到扬名整个草原的獒王，这当儿草原青了三次，绿过五次，金黄得滴汁了九次，又莹白了无数次。

当雪山融化成清冽的水再次淌过草原，当雪冠抖落于一年比一年暖和的阳光时，这一年，来了许多的人许多的车，还有更多的烟气和尘土纷纷掀腾于天地之间，终于，他们留下一条曲曲弯弯缠绕于草头原尾的公路后，又像幻影般消失无踪了。狮子欢跑在坦荡的柏油路上，它跑呀跑呀，一直向着遥远的草原深处雪山腹地，当它意识到永远都到不了尽头时，它便转身向着炊烟缭绕牛粪火香气飘溢的帐篷跑回来。它要告诉主人自己的见闻，它要主人也去看看那迢迢的路的哈达。狮子流着涎水伸着长舌轰轰地大喘着气，用那双神灵般的巨眼配合着腾跃的姿势叙述它两天来的见闻时，主人哈哈哈大笑。他懂得它的心事，它也听懂了主人的笑声。只是疑惑：主人啥时走过那些地方呢？噢，噢噢，一定是他还是孩子的时候吧，如果是那样，主人你哪一天带着我走到那远方去看看如何？噢，噢噢。主人搂着它的脖子甜蜜地笑了：狮子，可以，当然可以啊！你不知道呢，我曾经还是一个走南闯北的驮脚汉，到过康定，去过雅安呢。

　　到收牧时分，畜群仍贪婪得像潮水般朝着公路两边弥散开去。在路坎下的草窝中，晒着暖暖的秋日睡了一觉的主人桑登，觉得还像在梦境中似的迷糊着双眼爬上公路时，从弯道上突然冲来一辆东风车，像没眼的瞎子似的直直地向他撞来。他跃身向路边时，见它又扑身而来，他还没来得及大声吓退它，便觉得腰部被重重一击，然后，自己像一只鸟似的飞了出去。紧接着"吱吱吱"滚烫的声音带着一缕缕火焰向着身边燃来，转瞬之间，身体化为一摊肉酱和血水。狮子在恐惧中赶来时，主人的魂灵像白云般轻灵地升向了天空，而肉躯消散了，成了一只轮胎的饮料和蘸水。狮子看见长发的男人惊惶地倒着车，然后猛打方向盘将车身引到正路上，再猛踩油门，于是，车子像长了翅膀似的蹿跃着，没命地奔逃……狮子唤不醒主人后，"呜呜呜"地对着天空哭嚎，帐篷里已有人向着公路跑来了，它围着主人的散骨肉水痛苦绕转一圈后，便明白主人已经走了，于是，仇恨像火焰一般腾地燃烧起来，把胸腔都要挣破了，它纵身一跃，向着杀死主人逃窜而去的汽车箭一般射去。

　　几天后，它疲乏地回到帐篷外面。它无颜走进帐篷里，它在门口吟吟地哀嚎了一整夜，尽管女主人和家人都没有丝毫责怪它，但它是多么羞愧啊！

　　从此以后，在金色草原上，人们总看到一头獒犬，只要公路上有东风牌车子奔驰而过，便"轰轰轰"地吼叫着追逐不止。它满眼喷火，龇牙咧嘴，即使对着飞转的车轮也又咬又撕，毫无畏惧之色——躲在车头的司机，只要来到它的虎口前，它决不会

102

放过！

　　一年又一年，狮子守在路口；春天来了冬天又去了，它仍在追捕；太阳落山了月亮升起来了，它依然蹒足而行。于是，所有的草原人城里人都知道了金色草原上有一头獒犬为了复仇在那条主人被碾死的公路上守候了十年，只要是东风牌大车就追咬，到再也跟不上车子才罢休。那儿的司机们看到它从壮年奔到了老年，从威风凛凛的狮子变成了老态龙钟的水柳树，可是，它仍不舍弃，还从稀疏的牙缝中吼出带血的声音，那零落的毛发在风中刷刷地飞扬……

　　传说，有一天，它终于等到碾死主人的仇人，一口又一口地将他咬死了。

　　有人反驳道，乱弹琴，一只老狗怎么能咬得死人？

　　也有人以不容辩驳的口气说，那只老狗是被一辆大车碾死的，它虽然老了却还是把牙齿咬进了轮胎，当车子加速奔驰时，狮子无法将牙齿成功拔出，牙齿深深镶入胎内，司机从后视镜中见一只狗追撵不止，便扭打方向盘，狮子被卷到了轮胎下，血肉飞溅。

　　还有人认为，狮子应该是凄凉地老死在公路上了……

新寓言三则

赌咒发誓

某对夫妻参加盛会，妻子沉浸于活动之欢，禁不住哈哈大笑，而男人无动于衷，妻子一转头见男人与某妇女正火辣辣四目相对，眉目传情。

妻子回家逼男人说出实情，男人矢口否认。妻子见撬不了嘴，便要男人手指太阳发誓。

男人毫不畏惧，指天发誓说与那女人决没有偷情之事。心底却暗自思忖：太阳又不能代表老天，我何惧之有？

妻子仍觉有隐情。她忘不了两人交织在目光中的炽情和灿然会心之笑。结婚之后，男人对自己何曾有过如此深情的注目？

妻子要男人对着菩萨像磕头表白。

男人大发雷霆。妻子也咄咄逼人：如果没有偷过情，那你怕啥？

男人吼道：磕头就磕头，你以为我不敢？

在妻子监督之下，男人对着菩萨磕了五个响头。

妻子终于释怀，相信了男人的清白。

——男人磕头时，嘴里喃喃祈祷。他对菩萨说：我与她是情人，我与她是情人！

护法神

某地的护法神厉害，只要禁猎戒偷，村民必到护法神前赌咒施行。

有一天，曲吾家的金银首饰被盗，公安查不出来，村里人也没有人站出来承认干过此事。

村长担心从此家家户户都得相互提防，人人也必暗怀戒备之心，便想以传统之法揪出小偷：每家一男人代表家人到护法神前磕头赌咒，谁是小偷难逃护法神的法眼。

村人到寺院，见寺院一片凌乱，僧人们慌作一团。原来，寺院昨夜失窃，所有的金铜菩萨全部被盗。

村长当即宣布不再赌咒，让所有人回家。村人纳闷儿：怎么让小偷这样轻易逃脱？

村长说："护法连自己寺院的财物都没看好，怎么可能发现我们村里的小偷呢？算了，别让他管村里的小事吧。他得先揪出寺院的盗贼。"

护法神缺席，村里的盗窃案屡次发生，再也无法禁绝了。

虎狼与仙鹤

传说，虎狼与仙鹤本是亲戚。

有一次，老虎生了一场大病，而能治愈该病的草药长在遥远的海边悬崖上，老虎亲切地对仙鹤说："美人，你去给我采来仙草

105

吧，我定会重重酬谢你。"仙鹤"嘎嘎"地叫了两声，便展翅飞去。很快就把仙草衔了回来，并喂到老虎的嘴里。老虎病愈后，当天就把仙鹤的巢穴捣毁了，并对仙鹤露出了凶相。从此，仙鹤再也不敢居于低处了。

狼的喉咙给骨头卡住了，于是，去找仙鹤，让她的长嘴伸进喉咙，把骨头拔出来。狼说："我会酬谢你的。"仙鹤毫不费力地取出了骨头。狼道谢之后，转身就走。仙鹤因为吃过老虎的亏，就多长了心眼，提高了防备，仙鹤问："你不是要给我酬金吗？""嗯，你看这个怎么样？"狼亮出锋利的牙齿。仙鹤警惕地跳开，并飞到狼的头顶上。仙鹤感叹道："嘎，嘎嘎，虎狼之心，我是看清楚了。"狼龇牙咧嘴地坏笑道："你可以出去四处炫耀，说你曾把脑袋伸进我的嘴里，但安然无恙。你还想要什么？"

仙鹤冲天而去。从此，只与高空的神灵打交道了，最后还被递补到仙人的行列……

掘意藏者

尼玛翻过鞍形草丘，放眼望见辽阔的草原时，内心突然涌起一股巨大的喜悦。这使他自己也感到莫名无语，自己像一个流浪者终于找到了回家的路。同行教友以奇怪的眼神看着他，并禁不住哈哈大笑：尼玛，你到香巴拉了吗？值得这样激动？尼玛掩饰道：不，阳光刺目呢，我这眼泪就是不争气。金黄色的草原在天幕之下温暖而迷人。他们三人背着行囊向着草原深处有着人烟和帐篷的地方走去。之后一系列奇异的历程，却深刻地印证了他不凡的心境：

先是他们听到闻名遐迩的秋央喇嘛正在传法。当他们前去求法时，上师正在灌顶。平时，前去学法的人络绎不绝，一般人难以谒见到上师。

之后，他们请随侍的多吉转禀上师，希望能单独拜见上师。上师得知后，答应他们第二天相见。他们回去赶紧准备见面礼。

喇嘛听了他们的祈求后，愉快地答应收他们为徒，并带领他们唪诵发愿谒。在收徒仪式结束之后，喇嘛突然问他们中有没有人会说唱《格萨尔王传》。三人都摇头说不会。另一位教友突然想起似的说：尼玛会几句呢。尼玛瞪大眼睛，张开嘴巴，似乎在说：我什么时候会呀？你可不能乱说。教友说：我们刚到草原，尼玛张口唱了一段传（故事）呢。尼玛这才想起，他们站在草丘上眺望金色草原时，自己心里洋溢欢喜之情，便情不自禁地说唱了一段《格萨尔王传》。对此，他自己都感到有些惊奇，因为在此之前他从来就不曾学过仲，更不要说会说唱了。也许那是来自于过去的耳闻罢。他刚想辩解，上师却说：那好，明天，请尼玛到我这儿来写《格萨尔王传》。他嗫嚅着应答：好，好。晚上，尼玛怪教友鲁莽，这下他该怎么办？自己那点粗浅的学问敢写啥仲啊？教友说：谁知道上师要你写仲？尼玛彻夜无眠，第二天，刚喝过早茶，尼玛便红着眼睛来到上师的帐篷里。上师让他落座，一阵寒暄，尼玛渐渐平息了纷乱的思绪。此时，近侍多吉将早已准备好的笔墨纸张递给了尼玛，尼玛的心中惶恐起来，这时，多吉和另一位喇嘛也落座下来，面前也放着笔墨纸张。尼玛面对眼前尴尬的处境，只好大胆地说实话了：上师啊，我没有任何证悟境界，写不出《格萨尔王传》啊，况且我学识浅薄，不会写作。上师并不理会他的申诉，对着他们三人说：很好，尼玛今天作岭东穹达拉犀嘎大将；多吉作岭国巴拉牟强嘎布；阿交作姜玉拉托则。这三将是殊胜的三怙主化身，我作岭国大将丹玛强查。格萨尔王征服四方魔的最后一敌为门国，你今天就写《门岭大战》吧，这是良好的缘起。这是上师在对尼玛说。尼玛还在发呆，上师又说，先吟诵阿拉阿拉阿拉毛再正式动笔。于是，他跟随上师他们唱起启头歌。倏地，上师处于入定状态，双目盯着尼玛，片刻之后，尼玛觉得心中一亮，眼前顿时幻象纷叠，他感到一股力量充盈到身上来了。这时，他拿起笔，笔在一种难以形容的状态之下，源源不断地写起《门岭大战》来。当上师走出入定状态与他交谈时，尼玛停下笔来。多吉与阿交也停住了。休息片刻之后，上师再次入定，眼睛盯住他时，尼玛觉得像是有人给自己喷注了源源不尽的灵感，他能毫无挂碍地写下去了，从笔底流淌出优美的文字。他全然忘却了自己，觉得自己幻化成一位大将正在亲身经历着那一切，身心都投入到纷乱的战场上了。就这样，连续几天的时间，尼玛写下了十万多字的《门岭大战》，而多吉和阿交也各自写下另外的分部本。当这一切圆满完成时，上师对他说："现在，你已经成为《格萨尔王传》的开藏者，这是因为前世的机缘。我正式认定你为门穹达拉犀嘎的化身。今后，在密深伏藏中，你要迎请更多的《格萨尔王传》，这是弘法之需，是消除邪障之需，也是众生安乐之需。"并给他取名仲堆·尼玛。

从那以后，当尼玛获得意象证悟时，便在亢奋的状态下进入无碍的写作之境。一生写出多部《格萨尔王传》，名闻藏地。在平俗的生活里，尼玛却连书信都写不好呢。

上师喇嘛秋央圆寂后，尼玛为祈愿上师乘愿再来，回到甘孜后，特别写下一部《降生篇》。这也是他写的最后一部《格萨尔王传》。之后，"文革"来临，事业像河水中断，尼玛像遇到日食，光明被云雾遮蔽了……

西历二〇〇七年五月神变之月，二十日傍晚，西南方的天空中，晚霞亮如铜色，将小城中的水泥楼群都染红了。当我停下笔来时，一弯月牙牵出一朵晶亮的星星，出现在从我写作室里得以仰望的山峦上空。它们伴着我的文字行进在怀念的道路上……

> 鲁阿拉，是歌的起始，
> 塔那，是引出话的形式。
> 上师和本尊三宝，
> 请装饰我顶不离分，
> 用歌供养作开头，
> 所有愿心如法皆得成。

……

　　在某个草原的深处，尼玛撰写的《格萨尔王传》被某位说唱家颂唱着，英雄的故事像太阳的光芒照亮了所有听者心灵的黑暗，像月之清辉，清净了世俗浮华的尘云……

冬至一景

在菜市场，像昨夜从四处冒涌出来似的，突然间有了许多绵羊、山羊，被拴着，被牵着，被关着，有的还带着跟在屁股后面不懂事的崽儿，到处都是"咩咩咩咩"的叫唤声。于是，唤来许多人驻足，并讨价还价，很快形成了一番热闹景象。

一只山羊被割了颈项，血流了一地。

一只绵羊恋恋不舍地看着全身白毛的小羊羔，但是，被卖主一拉扯，头刚转过去，就被人按压在地上了，刀子举起来时，小羊羔还围着母亲咩咩地蹦跳着。

一只山羊被宰杀了，旁边的那只绵羊瑟瑟发抖。

又一只绵羊被人牵走。

一只小羊羔被人美美地抱走了，小羊羔叫唤着寻找母亲的身影，可是，人流很快把菜市场遮没了。小羊羔觉着温暖，但那人的嘴里此刻正汹涌着一股股嫩汪的水沫。

又一只山羊被剥了皮，站在旁边的绵羊眼里溢满泪水，像人的眼泪一样一滴滴往下坠落呢。

那个跛脚的老僧人照例又来了，商贩们蜂拥而上，僧人用不流利的汉语杀价，但商贩胸有成竹，统价，每只羊八百元，一分不少。几十只羊被与僧人一同来的人牵走了。那些待宰的羊们像是闻到某种可以回归草原的气味似的，都昂首向着僧人，"咩咩"地叫唤起来，希望自己成为其中幸运的一个。然而，挤挤挨挨的羊子把一辆东风牌车子的车厢填满了，僧人的钱也所剩无几了，他看着那些人类口胃里的菜肴，摇摇头叹息着离去了；

又来了三个放生的人，可是每人只买两三只，价又涨到九百元了，商贩说："放生嘛，还谈啥价？"

……

令人哆嗦的寒气从水泥地浸透上肢，从污浊的空气中弥漫开来，从折多河水升腾泛浮……人们嘴里唤着"阿曲曲"，把双手袖进衣袖，除了眼睛和嘴巴全身包裹得严严实实，走进菜市场。溜长的台子上或悬或搁着血淋淋的肉块，台子下、角落里、走道上，山羊绵羊的"咩咩"之声不绝于耳，人群里的谈天论价声此起彼伏，于是，我便知道：

康定的冬至到了！

报　复

曲登觉得老天真是好玩，把阿绒送到嘴边来了。

他想：我这次一定要报复。

在时代的滚滚浪潮冲击之下，各单位都动员大家下海搞创收。曲登所在的单位像一个老人俱乐部，多数人或老态龙钟，或是各类名人、上层人士、活佛等，他们是不可能下海经商的，有些人本来衣食丰裕或家产万贯，于是动员到曲登头上来了。曲登只好到商海里去扑腾。他与两位老人合伙做生意：阿绒和桑珠。阿绒是一位上层女土司的男人，女土司现在是个大官。桑珠是退休的领导。凭着他们两人的关系和资金，由曲登出面打点的生意倒也红火，三人的关系也前所未有地亲密起来。曲登十分尊重两位老人，把他们当成长辈，他们和蔼得也像父亲一般。曲登在操持生意时，也毫无私心杂念地将所有的账目做得一清二白，自己从来不曾多捞一笔，虽然他不乏这样的机会。

使曲登对阿绒另眼相看，同时为人心变幻感到难测是那次拉萨之行。

阿绒带着曲登和阿绒的女子一行前往拉萨。到了拉萨，他们住到阿绒的亲戚家，同时，把三十万元钱锁在亲戚的柜子里，由曲登揣着钥匙。有一天，阿绒和曲登谈完一宗生意回家取钱时，发现柜子已被撬开，钱被盗走了，同时，阿绒的女子也失踪了。阿绒立刻明白了是怎么回事，他昏厥倒地，他们将他送进医院抢救。阿绒醒来后，痛哭不止，说钱不是问题，只要能够把人找回来。曲登悉心安慰老人，同时开始满城寻找。曲登的双脚都走得起了泡，人也明显憔悴下去。他想如果女子找不回来，说不定老人就会死在此事上呢。阿绒喃喃地说：我们土司家是有脸面有地位的人，如果女子失踪的事传到康定，我们还把脸往哪里放啊？曲登安慰他：只要她还在拉萨城里，我一定将她找出来，你放心养病吧。有一天，曲登终于将阿绒女子堵在一个酒吧里，他一扬手，就给她狠捆了一耳光。一个小伙子噌地站起来，吼道：你为何打我女朋友？曲登的怒火也腾地升上来，他拔出刀子，对着那小伙子：不关你的事，如果你敢怎样，老子捅死你。眼睛红红地瞪着。那男人看他这样，害怕了，他想跑，曲登把他堵在沙发上，让他也老实坐着。打过电话之后，阿绒的亲戚们赶来了。

阿绒抱着曲登哭起来，感谢他将女子找了回来。果不其然，是女子伙同一个甘孜的小偷偷走了钱，说他们准备偷渡出国，两人疯狂购物，已经花了三万元。

人找回来了，阿绒的心开始为钱焦虑起来：噢哟，现在该咋办？三万元，可不是个小数目呀！

曲登说：阿绒叔叔，你不要再为钱担心了，人都找回来了，钱有啥呀？

曲登心想：土司还缺这点钱吗？况且老两口也是高工资。曲登说的实际上是阿绒的话啊，他怎么把说过的事情都忘了呢？

阿绒说：钱，钱不重要吗？三万元，可是几年的工资哟。

曲登想大家患难与共，还是共同承担吧。便说：阿绒叔叔，你不要心焦，大不了我们共同负担吧，毕竟大家一起赚了一些钱。

阿绒说：桑珠那儿不好说吧？

曲登说：那我俩一人一半分摊好了。

阿绒叹一口气，不吭声了。

商铺里缺货物了，到拉萨采购开销又大，便想法请阿绒给亲戚打电话，请他们发货。

货物到了，不久，阿绒把货物的清单和价目拿来了。

曲登说：阿绒叔叔，这次货物价格比上次的高啊？

阿绒说：到年底，说货物都涨了价呢。

哦。

曲登年底结账清理货物时，突然发现了从拉萨发来的货物清单，一看价目，阿绒的所作所为赫然入目。曲登把发货单揣到衣兜里，想：我倒要看看他还想做啥？内心却隐隐地疼痛起来。

阿绒路过商铺时，对曲登说：那三万元的事，就不要给桑珠说了吧。

该要结算时，曲登请阿绒来，想：毕竟是长辈，我还是不要当着桑珠臊他的皮吧。又思忖阿绒会有怎样的表情呢？

当曲登把拉萨发货的清单交到老人的手上时，老人不动声色地看了好一会儿，然后抬起头，拍拍脑袋说：你看你看，人老了，这记性，为啥邓小平说老人要退休，打破终身制就是这个道理啊，人老了就糊涂，我把这份清单忘记了，嗵嗵，人就是这样。

脸色依然。曲登暗暗佩服老人的定力和应付自如，同时，也从心底感到了莫名的害怕。

年底，三人平均分红。

桑珠有一次喝醉酒后，对曲登说：阿绒这人不好。

曲登说：阿绒老人人还是好哦，只是对钱财……

桑珠说：尿，贪财，人还能好？他提出我们两人多分一点钱呢。我给他说，应该人家曲登多分，全是人家在打点，我俩做了啥？

曲登听了汗毛直竖。

再一次窥见阿绒之心，是一件皮夹克之事。老人陪同夫人去北京开会回来后，让曲登到家里去，说他给曲登的女人带了一件皮夹克。老人说有许多亲戚想要他都没有给，紧俏呢。曲登不好拒绝，自己试了试就说，妻子穿不了，又说了一些感激的话。阿绒说，每件一千七百元，争的人多呢，你自己看。回到家，曲登说他总是怀疑阿绒要敲竹杠，他要给北京的同学打电话求证一下。女人就骂他：人家好心好意的，你还起疑心，好意思？曲登让同学实地了解，原来一件只卖一千五百元。曲登感到心冷如冰。老人糊涂得可爱呢。过了几个月，阿绒让曲登帮他卖一些北京带来的皮夹克，说每件卖一千四百元左右即可。一带回来，全是他试过的牌子货。

两年后，他们终于好合好散了。

有一天，曲登遇到阿绒。阿绒见曲登脖子上戴着三颗九眼珠，便让曲登拿出来看看，并问起来源。曲登说是一位台湾朋友带过来的。阿绒要曲登让一颗给他。曲登不愿卖，可阿绒像是迷上了九眼珠似的，无论如何都要曲登让一颗给他。

曲登笑了，心想：老天真是有眼，让他栽到我面前来了，我今天一定要狠狠宰他一次。

阿绒爱不释手地说：你自己戴三颗做啥？让你朋友再带一颗就是，今天，我就要拿一颗。

于是，曲登装作很无奈的样子，将一颗假九眼珠卖给了阿绒，阿绒乐呵呵地用七千元买走了只值七百元的东西。"轮回"完成了自己的又一次使命。

富　商

　　曲批真的成了河谷里首屈一指的富人。

　　十多年前，当他还是个雄心勃勃的青年时，我们两人有过一番关于财富的对话：

　　你真的认为财富对你那么重要吗？

　　怎么不重要呢？他反问我。然后呓语似的喃喃不休，看得出来，对此他是经过了深思熟虑的，或者说他思考了很久：为什么河谷人觉得矮人一等呢？因为我们太穷了，穷得挺不起腰杆了。为什么城里人感觉他们高人一等呢？因为他们有权势，重要的是他们认为自己有钱，比我们富裕。在我们村里，为什么尚绒家觉得自己了不起呢？因为邓珠觉得自己是干部，家里有钱财，有各种金银首饰，牲畜数量多，田地广阔，他还认为自己是村里的领导呢。村人只要有重要的事还不是喜欢向他求教？很多事由他说了算。你放眼看看，现在这个时代，人人都在追逐财富，由财富说了算的时代已经到了，你还不醒事？

　　我闷头不语。

　　他便又滔滔不绝地开导我：据说西方国家才发达呢，为什么他们能够对世界说三道四颐指气使，原因就是人家太有钱了，也太强大了。什么叫以经济为中心？经济不就是钱吗？你看看为什么我们这群毕业的人中有人爬得那样快？还不是因为人家懂得了赚钱的窍门，通过钱来铺路，通过钱的杠杆撬动了权力的天平。这就是技巧，再通过权力捞取了更多的钱财，从此走上了良性循环。

人生的目的仅仅就是钱财吗？钱财能够带来幸福吗？

他的眼光蜇人心跳，他甚至带着某种鄙视瞪着我：你怎么如此冥顽不灵？钱财当然不能带来全部的幸福，但是没有钱绝对是不幸福的。你看见穷人的尊严了吗？穷水里泡大的人总觉得可怜，因为他们没钱，没钱就没了面子和自信。

我觉得一个人的幸福归根结底是心灵的东西，再多的钱财也不能迎来真正的幸福。全然钻进钱眼之后，一个人生存的烦恼更多，欲望更盛，而且可能……

可能啥？你觉得我会走不出来？笑话。你以为我是把钱看得高于一切的人吗？有了钱我可以做更多的事，还可以帮助更多需要帮助的人。我会把钱踩在脚下，我真正要做的是一个强大的人，一个顶天立地的人。

那就太好了。我由衷地回应道。

你真的还要走那可怜的无人问津的写作之路吗？它不可能给你带来名声，更不可能收获金钱，甚至有可能使你成为孤家寡人，落得个可怜兮兮的惨状。

我抬起坚定的目光说：我没有想过那些，只是自己喜欢摆弄文字，喜欢探寻心灵的道路。在一个铜臭飘荡的时代，文字的命运当然好不到哪里去。

你出不了书，到时我可以赞助你，就怕也没有人读呢。他说完，以一种狂妄姿态放声大笑。

岁月轮转，风水如云。十年，仿佛眨眼之间就过去了。

当富有的曲批开着私车来到小城里看望我时，我的眼里又一次飘浮起如梦似幻的云彩来。曲批变得富态了，手指上箍着金戒指，脖子戴着一圈亮晃晃的金项链，他的夫人十分年轻，美丽动人。当寒暄客套之后，他把夫人支到宾馆里去了，我俩又进行了一番对话：

曲批呀，你真是说到做到，厉害着呢。你可能是河谷有史以来最富裕的人吧，而且当了政协委员，成了企业家，可谓名利双收。

他脸上露出自得的笑容：是啊，我终于也走到今天了。可是比起他人，那些大的企业家，我觉得自己还远远不够。说穿了，资本太少，发展的劲头不足。我想要成为高原上首屈一指的人物，你别把我看小了。

他扬起右手，在胸前一挥，表达他的万丈豪情。然后，他双臂拢胸环抱，眼看我的寒舍说：你装修得太简单了，要不要重新装一下？我出钱。

我说：够了够了，我已经心满意足。单位上没有房子的人还多着呢。

你真是个容易满足的人。他撇嘴道，嘴角游过了一丝浅浅的笑意。

你的文字怎样？他有些轻描淡写地问道。于是，我唠唠叨叨地向他讲述我写作历经的道路，那些寂寞、坎坷，那些微薄的收获和获奖的状况，以及目前正在筹划的长篇，等等。当满意与幸福的感觉洋洋流溢时，他突然止住我的话题，问道：

你那些能挣钱吗？

我像被人劈头盖脸地浇了一盆冷水一般，突然醒悟了过来。曲批是个商人啊，在他眼里，一切都可以折算为钱的。

我冷淡地说：我追求的不是钱财。

那又有何用？在金钱横行霸道的时代，收获不到钱财，那意义何在？

幸福，内心的幸福，以及文化血脉上的延续。

别那样小气，老同学。我知道你是比我高尚，行啵？可是，我不明白你怎么会有幸福感呢？我都没有陶然悦心的长久幸福感——当然，春风得意风光无限的时候是太多了。他自得地笑起来，眼睛眯成了一条缝。

我让他说说他暴富的经历。于是，沉默一会儿之后他说起经商之路。最初的失败，中间反复无常的市场气候，以及后来与官人合谋打通银行，资本运作之下金钱展示出无限魅力，从此各种资源关系充分运用，成立企业，跑上"高速路"后的连串狂喜，等等。我发现他眼里时而燃起火焰时而生起阴暗的云雾，时而狂放时而低落。我也学着他的样儿，突然将他的话头打断：

你把钱踩在脚下了吗？

啥？他有些不满地吼道：钱，钱你能踩在脚下？钱是啥？钱是宝贝，是主人，是老爷！

我终于发现，他已经把他说过的话儿全然忘记了。

这个世界上，谁能够离了钱财？人人不都在追逐金钱吗？你说啥梦话？

我说：钱是龟儿子，钱是身外之物，钱是害人的东西。

看来两人的路子越发相离遥远了，而今更是话不投机，便转移了话题。临走的时候，他问我有没有可以利用的资源和关系，大家一起发财。我说我一介书生不识钱面权首，哪来的便利？他摇摇头，觉得不可理喻：在当下，还有人如此迂腐呢。

看着曲批走出屋门的背影，我自言自语：啊，他追逐金钱想要成为金钱的主人，而今金钱反成了主人，正在奴役着他。

我从窗口看见：曲批一走到街上，人显得高蹈而狂放，走路的姿势颇具成功商人的特色：横叉身子脚步环挪，甩开箍金的双手，眼睛看天……

空心人

领导用官语对拉珍说，我对你们其实是了解的关照的，你家里的困难我也提了，吉米可以作证，不信，你可以问他。

当领导那样说话时，拉珍露出不信任的表情。毕竟修水电站要在峡谷间筑起大坝，让整村人离开世代相袭而居的村落，每个人心里都十分难受。他们说梦见祖先像鸟一样飞在空中，始终没有找到落脚之地，护法神幻化的凶猛牦牛来到梦里横冲直撞，追赶他们，恐吓他们。母亲觉得像掉了魂，父亲觉得自己像被阉割，只有不懂事的孩子们欢呼雀跃，总想到另一个陌生而新奇的地方。

是的，我用村语对拉珍说，领导对我说啦，要实施整村搬迁，要从经济上给予最大的支持，不让大家有后顾之忧，对你家里的特殊问题，领导说也要解决。

我觉得自己真是机敏过人，像一个投机者，见缝插针，把灿烂的笑脸对着领导，对拉珍又诓又骗地做工作，拉珍的神情终于变得松懈了，眼里透出鹿子般安良的神情，这时候，村里人也越聚越多。当我说完后，大家把感激的眼光纷纷投向了领导。领导觉得自己又变得高大起来了。

我应对自如呢，我心想：这下我可巴结到领导了。于是，我把笑烂了的嘴脸投向领导。领导平易近人地对我点点头，十分满意我的表现。

领导何曾说过村庄的事啊。而我只是利用一个村庄人的身份以村庄人对我的信任来为自己的仕途投机罢了。

村人各自散去……

在自由驰骋的文字世界里，我对自己说：人是什么？人就是一个最为复杂的动物。首先他必得啃食别种动物的肉食才能过活，他是血腥的，是令人恐怖的贪欲之化身——不过，在人自己身上也寄养着无数的虫子和细菌，虽然人是那样爱美却永远也无法十全十美；其次，他是黑夜与光明，传说与历史，现实与虚幻，荒诞与理智，思想与梦想缠裹的奇异之神，也是最为怪异的魔怪之化身，心的深度心的广阔胜过山之连绵海之无限。人从遥遥的不可想象的过去而来，而今步入混乱不堪的污秽境地，还要走向或深渊或蓝天般的未来里去。每天我生活在从无名之地借来的一束光阴里，活在父母哺育的肉身里，活在人类浮丽而躁动的硝烟战火里，我时常为人类心灵的道路而深感震惊，为我所谓的求索之路感到某种长河落日般的绝望。可是，我最终通过自己的文字之索引，探寻到祖先的修心之佛宝，从而找到一颗灵魂得以悠闲踱步和居住的家园了。

先是奶奶第一次对我破口大骂，接着父亲又给我踹了一脚，我倒在院门前的石头堆里，一阵钻心的疼痛掠过肉皮直刺到心脏里，这时，我听到母亲慌乱的脚步声，接着便什么也不知道了。

当我在一间白壁的屋子里醒来时，我知道自己成了新闻人物，一个名人，成为一个为了水电产业发展不惜牺牲自己生命不惜失去亲情的一代楷模。鲜花奖章，没完没了的采访，不断地背诵别人写的演讲稿到处作报告，等等，至少在两年时间里，我完全活在天高云淡飘飘悠悠的光芒里，活在全然忘却了自我的空心里。我终于知道：村人被强行迁走了，他们而今落脚在另一个遥远的村落里，重新开始掘土造田挖沟引渠，据说，周围有着茂密的森林，动物的咆哮整天都可以听到。

传说，村人发下毒誓：任何人都不得带下超儿子进村来，永远都不行。

因为我的原因，家人活在屈辱之中。全地区的人都在官方的言说之外，传布说我是这个时代最大的谎言家，既骗了村人，让他们一无所有，一无所获，又骗了所有媒体，成为一个时尚的傀儡和空心人。

领导赏识，我很快赢得了更大的官位，可是，俯瞰四周，这里多么空寥而寂静哟，什么时候，我身边全没了亲朋好友呢？周遭的一切多么陌生！

这时，我突然听见从胸腔里滚出压抑得太久的呜咽之声……

说唱奇缘

　　达哇扎巴长到十三岁了。这天，他与宋秋、曲扎在阿尼玛神山上放牧。天空一如往日的明净碧蓝，云彩幽幽流布天穹的怀里，如果你仰躺在草山上，眼睛始终盯住天上生动变幻的云彩，你就会感觉到它们奇异和明亮的样子那样蛊惑人心，魂魄也被它们吸了去、而高处的雪山依然那样伟岸莹白，令你的心儿幽然洁净和清亮、太阳亮晃晃地高挂在天顶，似乎离人间并不遥远，它那炽热的光芒让你感到暖和的同时，也让人昏昏欲睡。

　　没有人觉得这一天有什么特别之处。日头开始偏西了。他们三人分头吆喝牧群。达哇扎巴自己选择到最近的沟谷，虽然距离近，但沟谷很深，有时难免遇到一些野兽。当他把畜群吆回沟口时，他突然觉得有些倦怠，心想：他们回来还早着呢。便坐在面向雪山的一块避风的草甸上，蜷着身子躺了下来。

　　当他醒来时，发现家人都围聚在自己身边，见他睁开眼睛，脸上露出像冰雪融化般可人的笑意。母亲说：三宝啦，我儿子终于醒了。父亲唤道：扎巴，你觉得怎么样？达哇扎巴说：很好啊，我怎么啦？他看见妹妹站在母亲身边，张开嘴巴，眼里溢出笑意来，她高兴地转身跑了。她要去告诉村人：我哥哥醒了。哥

125

哥并没有像村人所说的那样没有希望了。母亲眼里闪着泪花说：你知道自己睡了多久吗？我们都以为你再也醒不过来了。达哇扎巴这才知道自己在那草甸上睡着后已经过了七天七夜了。其间，家人、村人和两个伙伴经历了多少担惊受怕啊。达哇感到很惊奇。父亲说：儿子，你是否碰到鬼怪？没有啊？为什么呢？达哇奇怪地反问。父亲长舒了一口气，这才告诉他七天七夜里到底发生了什么事情。

宋秋和曲扎不见达哇扎巴回来，而雪山开始把阴影留在草地上时，也带来了阴凉的风云。两人扯开嗓子喊他，可是，仍然不见扎巴的回答和身影。他们急了，便奔到沟谷去找他。当两人又急又怕地赶到深沟里时，头脑里闪过古怪的想法：扎巴被镇神藏起来了？遇到野兽，被野兽吃了？或者被鬼怪引诱走了？汗水一沁上额头就很快被风吹干了，风刮过草皮，又缠着草梢叫啸，呜呜的锐叫声，令心都揪紧了。两人边唤边找，终于在几头牦牛半围着的地方，发现扎巴幽然酣睡着。两人又气又急，嘴里说着诅咒的话：你麻风，你让我们到处找，你却睡在这儿享福。不见动静，宋秋又"哦"地一声惊叫，扑上去摇他，他是想吓他一跳呢。可是，扎巴嘴里呼呼儿喘着气儿，并不醒来。曲扎以为扎巴在装睡，便去捏鼻子，可是，扎巴张大嘴巴，摇摇头，又酣睡过去，连眼都不睁一下。宋秋大声地在耳边叫：你别装了，快起来吧，我们该收牧了。摇晃扎巴的身子。扎巴依然睡着。曲扎首先感到了害怕：他不像装的呢？宋秋说：来，我们拖他走，看他醒不醒？两人一人攥住一条腿，就在草地上刷刷地拖起来。牦牛散布开去。拖了几米远，头在地上碰来撞去，扎巴还是酣眠不止。这时，两人更加惊慌。知道扎巴不是装的。怎么办？两人的脑瓜子飞快地旋转着。宋秋说：扎巴是不是要死了？曲扎眼里满是惊恐和不安：不会吧？宋秋说：我们去唤大人吧。曲扎说：谁去呢？我一个人可不敢守在这儿。宋秋说：两人一起去？可是，这中间他被野兽吃掉了怎么办？还是你去唤扎巴阿爸吧，我守在这儿。曲扎说：你不要怕，天黑了鬼才会出来呢。宋秋身子一颤，说：你是个疯子，我都没想到你就说出来，想让我吓掉魂吗？曲扎转身就跑。宋秋突然喊住他：你等等。曲扎以为宋秋要让他守在这儿，他可不敢，便回头看着宋秋。宋秋说：你把身上的嘎呜解下来，留给我吧。曲扎麻利地取下斜背在身上的嘎呜，跑过去递给他，然后翻过草坡，走了。

　　当扎巴的父亲和弟弟到达那儿时，天空已经把黑幕拉上了。星星莹莹如珍珠，缀得天空一派熠熠闪耀。他们把扎巴背回屋里，给他嘴里喂了各种甘露丸，又在火炭上熏燃各种圣物让他嗅，可是，扎巴依然酣眠着。到了晚上，扎巴时而皱着眉头，时而又舒展开来，嘴巴嗫嚅着，似乎是在吼叫什么或喃喃述说着什么。可是，不管想什么法子，家人始终没能让他睁开眼睛。就算用棍子把眼帘支上都没有用呢。他的眼里还是没有神光。而呼呼的喘息声令他们更加害怕，以为他会闭过气去。村里的赤脚医生来了，医生把脉之后说，一切脉象都很正常，心脏也跳动得十分有力，生命应该无碍吧？却说不出是啥病。这些模棱两可的话无法使家人安心。一夜过去了，漫长的白昼过去了，扎巴还是没有醒来。他的身子偶尔还抖动着，鼻子呼出时粗时细的气流。父亲见扎巴还是那样，便找弟弟到山上的绒登活佛那儿打卦。又一个白昼在窗外亮开了天地的一切形态，可是，父亲的心底却越来越感到了寒冷。怎么办？这是怎么回事呢？弟弟终于回来了。弟弟说，活佛也说不出所以然来，只是说扎巴的命硬着呢，大可放心，至于带到县城的事，活佛建议再缓缓，等等看吧。可是，一天又一天的时光在熬煎中残酷地挪过去了，村里人也来了，远方的亲戚们听说后也从远道来看望。母亲的眼窝陷得更深了，有时她躲到偏房里嘤嘤

127

嘤哭泣。当男人们撬开扎巴的嘴巴给他喂上茶水时，扎巴的喉咙咕咕地吞了下去。这使他们悬着的心落了下来，既然可以吞水，那也可以喂牛奶啦。这样看来，扎巴的生命应当没有问题。家人感到在焦急中度过的不是七天七夜，而是漫长的七年。然而庆幸的是扎巴终于醒了过来。

扎巴听完父亲的讲述，胸口感到憋闷难受。母亲端来了食物和酥油茶。可是，扎巴并没有食欲。母亲说：我长寿的儿子，你不感到饿吗？扎巴摇摇头。扎巴起身解手时，父亲伸手去扶他。扎巴却步子稳健身子直挺地走了出去。家人感到诧异。扎巴身子并没有虚弱，扎巴的一切恢复正常了。然而，他感到某种不安，嘴巴里似乎想告诉别人什么，可是，一切又像是被堵塞了似的，令他很不畅快。第二天醒来时，扎巴说他得去寺院找活佛，他心中有些疑虑需要求解，问他到底是什么他却说不清楚。父亲陪着扎巴到寺院，两人找到白玛活佛，向白玛活佛说了关于扎巴的事情。白玛活佛像是有某种预感似的，热情地让他们坐下来，让侍者端来酥油茶。活佛说：我知道你们要来，昨天做了一个祥瑞之梦。当扎巴看到活佛经堂里挂着的格萨尔像时，他突然感到某种迷离和恍惚。活佛让父亲到屋外，让扎巴蹲在他面前，嘴里喃喃地念起经文来。达哇扎巴敞开心扉，内心突然变得毫无杂念，那些经文似乎变成某种雪水徜徉到身体的各个角落去了，而四肢筋脉胀得难受的地方也突然消失了，身心变得舒畅。当经声再次变得高亢起来时，扎巴感到一股春雨般的甘露从头顶浇到心里了，头脑中一片光明、洁净，这时，如同拨云见日，一切变得明晰清亮起来了。他突然忆起梦中的一切，啊，那是多么恢弘而精彩的"电影"啊，一页页一幕幕在眼前生动呈现。他感到某种兴奋，似乎不吐不快。活佛说：你尽情地说唱吧。扎巴张开嘴巴，像是换了一个人，激情地说唱起格萨尔王的故事来。那种迷醉和幸福之感，那种如连绵珠玉般的华彩文章，那种不由自主的浸身泅心，他从来不曾有过。当活佛将手中的青稞扬撒到他头上时，他戛然而止了。父亲瞪大眼睛来到屋子里，扎巴已经说唱了差不多一个钟头了。扎巴摇晃一下身子，便恢复到正常样子了。活佛慈爱地看着扎巴说：你有缘说唱格萨尔王故事，我已经把你的气脉打开了，你一辈子都要传扬格萨尔大王的故事，这是你的福分哟。又转眼向着父亲：你就让他去说唱雄狮大王的故事吧，他已经是布仲了（意为神授艺人）。

从此以后，达哇扎巴走村串户到处去说唱格萨尔王的故事。每当他说唱时，顿然忘记了周遭的一切，那些梦中经历的一切历历浮现在心镜中，他只是一个向导，他只是一个陈述者，每个人物说的想的唱的他都了如指掌，每个故事的细节如同自己亲历一般清晰明白，没有任何含糊。如果让他接连不断地说下去，他可以几天几夜连续说唱，不需要思考，不需要费尽心机，一幕接着一幕，一句接着一句，像连绵不绝的河流日夜不停，像空中降下的甘露永无止境。那时的扎巴是神灵附体的扎巴，是非现实的扎巴，是超然忘我的扎巴，是一个神游在岭国时代的超凡艺术家，一个天定的纯然的歌者。他的心是海洋，他的嘴是河流，他的精神是太阳，他的魂是格萨尔王不朽的英雄之光。即使在"破四旧"和"文革"的时代，达哇扎巴都不曾停止说唱。当然，那时他是面对高山和河流说唱，面对万物敞开心怀。对他而言，如果剥夺了他的说唱，那他如同失掉了精魂，如同从口中夺走了食物，如同将他逐出了人类，便也没有了任何生趣。不让他说唱，他就会病倒，就会孤单落寞，那时，他觉得自己一无所有，像一个孤魂野鬼。

当我再次见到他时，他已经是个古稀老人了。他正在录音室里录制着第七十部格萨尔王说唱分部本。听着那些来自雪域之巅的纯美的诗歌韵文，我突然感到汗颜。作为一个写作者，我何曾写出如此的华章锦文呢？老人迷醉在刀光剑影的战场上，时而拉弓射箭时而捋袖挑衅时而将手举在空中时而跺脚怒吼，眼珠的翻转灵活飞快，老人的额头上汗水淋漓……我知道，只要研究所的人不制止，老人会一直说下去，直到地老天荒，直到太阳和星星都陨落下去了，也不会终止。我悄然地转身离去。在人流车流像流水般淌动的城市里，当我从包里取出自己写的书，将它丢进路边的垃圾桶时，我像是甩掉了包袱似的，感到某种释然和轻松，我长舒一口气，很快人流将我裹卷带走了……

文化猎人

　　格绒惊讶地叫起来：你看，那杉树上放着一个皮箱。我们举目四望，并没有看见任何踪影，也听不见骒马的铃声。那皮箱用一把铜锁锁着，是那种老式的往上挑动才能打开的锁，这种锁只要你找到一个相合的木片插到锁芯里也能打开，用它防盗贼可不管用。格绒说，打开看看。我说，最好不要动，也许是这家人遭灾，才把皮箱送到神山的。这时，我远远看见前方几百米处的一棵柏树下冒着缕缕青烟。我们又累又饿，便往那棵树下走去，想到转山朝圣的人在烧茶，可以喝到一口热茶时，不由自主地加快了脚步。当我们到达那儿时，却发现没有任何人影。我用树枝掏三石灶，只剩冷冷的灶灰，并没有烧过火的迹象。刚才明明看见青烟螺旋式向空中升腾，怎么就没有人影也没有烧过火的样子呢？我正纳闷儿，格绒说，看来卡瓦格博山神真的存在呢。我的心怦怦直跳。我第一次莫名地感到某种敬畏和害怕。毛发和脸颊边感到缕缕寒气。我说：那我们今天不打猎了，回去吧。那怎么成？格绒说，总不能空手而归。这时，我的猎狗急匆匆地向前跑去，似乎闻到猎物的气息。格绒的通身如墨的猎狗也跟着窜身射去。我们也加快脚步向上攀登。不久，我们听到猎狗的吼叫，听得出

131

它是站在固定的地方等着我们了。我们兴奋地跑到狗对着狂吠的那棵树下时，失望再一次向我们袭来。我还以为我的猎狗把猎物追到树上，正等着我们射落下来呢，原来是格绒的猎狗被铁丝扣套住了。格绒觉得倒霉，用木棍对猎狗一阵猛打，令它嘤嘤地呻唤起来。解开铁丝扣后，我们带着猎狗向岩峰攀去。这时，天空开始阴沉起来。不久，我们看到地上新鲜的密密的兽印。可是，往常一看见兽印就亢奋的两只猎狗今天却耷拉着耳朵，像可怜的看家狗似的跟在我们身边，看得出它们全无追寻猎物的心思了。雾气越来越浓，几米之外的景物都看不清楚了，跟着雨水也落下来了。我们到达崖边，又看到了岩羊的蹄印，可是始终没有碰上岩羊。我们空手而归。这是我猎人生涯中的第一次。我是个远近闻名的猎人，被人们称为"神枪手"——这称谓是看了电影里的神枪手之后被叫开的。当然也有人叫我"魔头"。可是，村里人谁家没吃过我送的山珍呢？我自信，只要猎物在眼前出现，只要我将子弹射出去，猎物必倒在我的面前。我已经记不清自己到底猎杀过多少猎物了，大概不下数百只吧。

不久之后，我的侄子翁堆约我上山打猎。我并不甘心上次的失败，便与侄儿又一次上卡瓦格博神山打猎。我们天不亮就出发了，到达拍扎山头时，太阳才出来。由于夜里下过雨，雾气从山谷里浓浓地向上升腾。这时，翁堆突然用手指着前方的天空惊叫起来："阿木，看，那里有人。"云层中出现了一个巨大的圆洞，边缘饰有鲜亮的光环，洞中显现出隐约的人影。翁堆又一次叫起来："你仔细看看，那是你呢。"我定睛一看，自己都吓了一跳。的确，那里出现了我：我穿着皮衣，身上背着枪。又一股雾气升上去，把云洞遮没了。我隐隐感到某种不祥的兆头。我对侄儿说千万不要将此事说出去，对家里人也不要说。我告诉他，我要写信给科学院，请求他们作出解释。侄儿可能为我担心吧，他还是把此事告诉了家人，妻子听说后很不安地去找卦师打卦，卦师说那是卡瓦格博神山化现的，如果再不收手，可能连命都保不住，让他戒猎吧。我是一个国家干部，怎么能相信这些"迷信"呢？我通过县里的朋友阿扎给科学院写了一封信，几个月后回信来了，信中说那是空气与阳光在某种特定的条件下相互作用产生的一种自然现象，这种现象叫海市蜃楼，很多山都出现过类似的景象，还说，民间认为有这种经历的人可以获得好运气。我心底的一丝不安终于烟消云散了。我很高兴自己是个有运气的人。

我再次拿起猎枪，一旦有空，就开始对猎物的追逐，从一个山头到另一个山头，从一座神山到另一座神山，我的猎狗攀山窜林，把死亡的吼声撒向兽物恐惧的心底，我的猎枪一次次喷吐硝烟射出一颗颗要命的子弹，一个个猎物收获到我的背上，似乎我打猎的辉煌生涯才刚开始。

然而，奇迹还是陡然降临。当我来到卡瓦格博神山上打猎时，途中我迷糊地睡了一觉。我梦到从不远处的山崖上跑下来一个戴着白帽的小男孩，小男孩跑到崖脚突然停住了脚步。梦到这儿，我突然醒了过来。正回想着刚才的梦境，睁眼一看，看见崖脚边出现了一只岩羊。我想：我的食物来了，原来梦是个兆示呢。我蹑足走近，趴到一棵树下瞄准岩羊扳动了扳机。奇怪的是，往常我一枪可以撂倒一个，今天，明明看见它中了枪，却没有倒下。我一连放了九枪，令人惊诧的是，它在我的准星里越变越小，最后消失不见了。我心里感到强烈的不安，提着枪跑了过去。子弹全部打在了岩石上，弹痕十分清晰。我第一次感到害怕。心想卡瓦格博山神真是存在呢，我一定是触怒了它，便把枪丢在一边，摘下帽子，对着神山磕了五个头后，匆忙下山了。

我是在春节期间生病并发疯的。当全村男性都到煨桑塔祭山神时，我突然看到空中出现了一口大钟把我吸了进去，我感到全身绵软无力，既不能动，也不能说话。之后，便失去了记忆。当我神志清晰时，发现自己已经躺在家里了，身边围着村里的男人们。据说，我先是说着吉祥祝词，然后，指着天空说，快看快看，卡瓦格博神到我们村里做客来了，啊，他带着好多人马，一个，两个，九个，太多了，哟，都背着五色旗帜哟。我突然扑到吸烟的尼玛身上，抓住他的衣领说，卡瓦格博神被你的烟熏跑了，你把烟吃掉。说完，抓起面前的烟盒就往尼玛嘴里狠塞。我这个疯子又在路上指着两棵柏树哈哈大笑，说它们打得不可开交，乌鸦和蜜蜂在旁边劝架。回到家，我满屋子乱窜，说黑熊来了，獐子来了，岩羊来了，并用手指着说：看，看，又来了，嘴里不停地呼叫各种动物的名字，逃来窜去，有时头撞到板壁上，把我重重地弹回来，晕头转向地倒在地上，我再次爬起身，不断地往前冲撞，不断地挥拳乱打，把三面板壁都打烂了。人们发现我的力量大得惊人，两三个人根本摁不住我。后来，我伏身磕头，嘴里叫道：卡瓦格博，求你救救我吧。然后喃喃地说：走了，它们都走了，它们放过我了。身子一瘫软，昏睡了过去。大家发现我一身的淋漓汗水。

之后，单位派车来将我接到县城医院治病。我的病时好时坏，清醒时如常人，疯起来时三个人才能将我制伏，有时候他们只好趁我睡熟时把我绑在病床上。家里人为我作了很多法事，医生为我用了很多的好药。一年以后的某一天，我奇迹般突然好了。

你问我如今在做什么？

我告诉你：我退下来之后全身心地做生态环境保护方面的工作，搜集整理与卡瓦格博相关的文化资料。

你问我信不信神的存在？

哈哈，你说呢？一位名作家说我现在是个"文化猎人"呢！

圣　者

上师巴珠的声誉广隆如太阳了。在多康上下，只要提到上师的名字，几乎无人不知，无人不晓。许许多多的人把聆听上师传法或拜见上师作为一生的愿望和目标。可是，天地遥远，山水阻隔，在那样一个封闭而又需以脚力而行的时代，这样的愿望也难以实现啊！

赤村转着村口的塔子时，一位老僧人来到面前，问他怎样到多芒寺。赤村见日头已偏西，便关切地说："喇嘛啊，我看你岁数也不小了，怎么一个人走呢？如果路上有什么事谁来照顾你啊？"喇嘛说："是啊。可是，一个人落得清净自在，我并不把自己的安危放在心上。我今天能够到寺院吗？"赤村说离寺院还远呢。挽留他住下来，第二天再赶路。喇嘛感谢他的盛情，便住了下来。晚上，当喇嘛说他来自扎溪卡，赤村便问道："你见过巴珠仁波切吗？""听说过，但没见过。"赤村说，"我对巴珠上师仰慕已久，曾专门去拜访，可是我福薄缘浅，几次都没有见到。你知道他著的《大圆满前行引导文》吗？""没听说过。""那真是一部非常好的论著，没听说过太可惜了。虽然我没有传承，但如果你感兴趣，我可以讲给你听。""那实在太好了。"第二天开始，赤村对喇嘛讲说，喇嘛每天在赤村面前认真地听受，从人生难得、轮回过患到因果不虚全部听完，不知不觉，喇嘛在赤村家住了半个月之久，赤村为对佛法有这样虔诚的喇嘛而十分感动，在对喇嘛讲解时，赤村感到自己也很好地增进了对论著的理解，有些过去难以消化的地方，都很轻易地消解开来，内心感到十分欢悦。每当遇到深奥的难题，他与喇嘛进行探讨时，喇嘛总是很谦虚地说："我能懂啥？"然后，以商榷的口气说会不会是那样的意思呢？赤村恍然大悟道："哦，真是那样呢。我怎么就没有想到？"喇嘛要走了，便十分虔敬地感谢"上师"，赤村说："可别那样，我们一起学习而已，我真是受益匪浅，我该谢谢你才是。"喇嘛又孤身一人走了。不久之后，赤村听到巴珠仁波切到道孚来传法，便立即去拜见。巴珠仁波切见他从远处走来，就从法座上下来亲自迎接，并对弟子们介绍说："这位僧人是给我传授《大圆满前行引导文》的上师。"赤村这才知道自己讲授大圆满的喇嘛原来是尊贵的上师，脸立刻红到了脖子根，内心羞愧不已，跪地而拜，眼泪哗哗地流淌下来。巴珠仁波切扶赤村起身，诚恳地说："赤村是一位很好的修行人。"让僧人们给他安排座位，听闻传法。

　　同样的事情后来又发生了一次。巴珠活佛再一次在一位喇嘛面前完整地听闻了自己的著作。而且传法到第九天，偶尔说到巴珠仁波切时，活佛说："他有啥了不起的？佛陀不是告诉我们依法不依人吗？"话音刚落，便遭到了"上师"的一顿暴打，吼道："你真是胆大包天，竟敢对巴珠仁波切如此不敬，真该把你从僧人中开除！"在后来的一次法会上，"上师"发现自己传法和暴打的对象竟然是巴珠仁波切时，羞愧得想要逃离。巴珠仁波切告诉众人："他是为我传授《大圆满前行引导文》的上师，对我恩德极大，我非常希望他留下来与我们大家共同发愿度化众生。"

巴珠仁波切仍旧以一名普通僧人的形象只身独来独往。

他来到一处寂修的山洞里，遇到一位闭关的修行者。修行者问他从何处来到何处去。巴珠答道："我从背后来，要到对面去。"再问他生在何处，叫什么名字。他答："生在人间，叫无作瑜伽士。"接着反问道，"你在阴暗的山洞里修什么法，住了有多久？"修行人趾高气扬地说："我在这里已经修行了十多年，正在修至高无上的安忍波罗蜜多。"巴珠皱起眉头说："这倒很好。不过我听说你是一个大骗子，欺骗了许多信众。"修行人暴跳如雷，嚷道："你说什么？我骗了什么人？你必须说清楚。你故意来扰乱我的修行吗？真是一个贱种。"巴珠面露微笑，对修行人说："朋友，你刚才不是说修行了十多年安忍波罗蜜多吗？这么大的嗔恨心是你自己的吗？"修行人恍然悟到来者的深意后，羞愧中恨不得找个地缝钻进去。

一位寡妇带着三个孩子准备去参加巴珠仁波切的法会。寡妇背一个牵两个一路乞讨而行。路上，一位衣衫褴褛的老人见他们母子可怜，便与他们同行照顾，有时，他也背上一个孩子上门乞讨，乞讨回来后一同烧火做饭一同享用。走过一座座沿途村寨，乞讨一家家牧户，一路风餐露宿一起同甘共苦，人们都以为他们是一家人。看着这位老乞丐心地善良一路上对他们十分照顾，寡妇终于动心了："我们孤儿寡母一路上多亏你照顾，你也是孤身一个，不如我们一起生活吧。"老人说："这件事以后再说吧。"目的地扎溪卡越来越近了，老人对妇人说："你们在此休息一下吧，我得先行一步。"妇人说："就差一天，你急啥呀，不如我们明天一起去法会。"老人执意要走，妇人无法阻拦，只见他脚底生风换了一个人似的很快翻过草丘远去。妇人长叹一声，便埋头生火烧茶。

第二天，巴珠登上法座，在开始传法前对众人说："本来我不准备接受供养，但今天我有一位特殊的客人，你们要供养财物就供养吧。"

母子三人在法会期间一直在人群中寻找着同路的乞丐。到法会的最后一天，妇人想：那老头子也不管我们了，我现在把讨来的财物供养给巴珠仁波切吧，请他超度亡夫，又为我们母子种下善根。她来到法座前，把微薄的财物举过头顶献了上去，猛抬头见法座上的人竟是老"乞丐"，顿时目瞪口呆，不知如何是好，再想起自己说过的话更加羞愧。巴珠仁波切笑容可掬，一脸慈祥地看着她说："我说过一定会让你们母子过得很好，这些财物，你们全部拿走吧。"他让僧人把信众供养的所有财物分给母子三人和那些贫苦而又虔诚的人们。

巴珠仁波切带着两位弟子沿途化缘而行。遇到一牧户，家母死亡，正在为寻找给母亲超度的僧人而焦急。看见他们穿着破烂的僧衣就请求他们做超度仪轨。死者家年轻的姑娘看着灶前正做着朵玛的僧人，心想：我家真是可怜，竟然叫来这些乞丐超度。火气上升，便狠狠地给巴珠活佛踢上一脚，生气地说："滚出去。"老僧人依然笑着，继续做食子。超度法会结束，死者显出往生的瑞相。家人十分高兴，要供养他们三匹马和一头牦牛。巴珠仁波切说："我们不需要任何供养，有了三匹马就会有三匹马的烦恼。"他们意识到这三位一定不是普通的僧人，便追问姓名，巴珠仁波切告诉两位弟子的姓名，而对自己的名字只字不提。

巴珠又一次只身云游时来到一户人家。那家人正在为家里死亡的母亲作法事，请的是当地颇有名气的上师。见他来化缘，便让他进屋，坐在屋角。他看见上师高坐在座位上，旁边是小侍从，他们正在念诵超度经文。巴珠仁波切通过观察发现那位上师正在想：主人家能否将那匹最好的黑马供养给我呢？亡人锐敏的中阴身得知这位上师生起了如此恶念后便躲得远远的，小侍从却以真诚的大悲心祈祷亡人往生极乐世界而专注地念诵着，因此，中阴身又被感召了回来，但他无力将其超度。观到此境，巴珠想：若未与亡人结缘，则无法超度他。他对主人说："能给我一点吃的吗？"主人说："你也是僧人，你也帮着念经吧，法事作完了就可以给你。"超度仪式结束后，主人给了巴珠一碗酸奶，以此结缘，巴珠仁波切将亡灵超度了。事后巴珠仁波切自嘲道："贪心上师得黑马，悲心扎巴得牛皮，超度亡灵得酸奶。"

在一个叫达西的地方，一位老人掉进河中溺水而亡。人们将尸体抬到巴珠修行的山洞前请他为亡者超度。巴珠做超度仪轨。念到中途，巴珠突然哈哈大笑，停止了念诵。众人不解。巴珠说："仪轨尚未结束，他的神识早已去了三十三天转生为小天子了。我看着眼前白发苍苍的尸体，不禁心想：一个老人竟然跑得这么快！因此忍不住放声而笑。"

小神子

　　胖胖的汪杰斜坐在沙发上，点燃一支烟，有滋有味地吸起来。大家紧盯住他的脸，纷纷迫不及待地问道：然后？然后呢？看着众人被吸引的眼神，他先从眼里溢出笑意，再扩展到脸颊上，从嘴角微风一样掠过，这时，他的眼睛就极快地眨动了一下，立刻，他把脸板得有了几分严肃，于是，他张开嘴巴，神奇的故事从他胖胖的肚子里悠然流出：

　　那一天，我与贾老师去乌金家。他家在林边的缓坡上。他见我俩到来，显出十分热情的样子："哎呀，今天是个吉神的日子，请进，请进屋吧。"他八十岁的老母亲和妹妹也格外高兴，哑巴妹妹一边张开嘴巴无声地大笑，一边拍打双手。老母亲从灶边赶紧起身，颤抖着身子要去取柴火，被乌金制住了，说："阿妈，你坐着吧，不用你烧茶。"乌金很快生火，烧茶，打好酥油茶，他又执意给我们做火烧子馍馍。贾老师感到很惊奇，他用汉语说，乌金从来没有给过他这样的礼遇呢，虽然他在这里生活十多年了。我开玩笑说那是看我的面子啊。贾老师说可能吧，谁知道呢。不久，火烧馍熟了，散发出麦面的清香来，他用手拍拍，把火灰抖落到灶里后，靠在灶围石上，说："稍等，我去拿点猪肉来。"他攀到楼上去，很快笑眯眯地端来一木盘，盘子里装着一节热气腾腾的熟腊肉。木盘放到面前，再放上一把刀子，说："吃吧吃吧，请吃吧。"当时，我心里觉得有些惊奇，他怎么会从楼上端下熟肉来呢，莫非他家楼上设有一个灶？我看出贾老师眼里也是无法猜透的狐疑神情。走时，贾老师给乌金家留下两元钱，请他们买茶叶。推让一番后，我们离开了。

从乌金家再到志玛家要经过一段几百米的坡地。我们到达时，她正坐在木编制织机上双足一起一落嗒嗒地编着一条氆氇毯子。见我们到来，就请进屋里。一进屋，煮腊肉的香气扑鼻而来。她热好茶罐里的茶水后，将茶水倒回桶里重新放上酥油再打一道，以示尊贵。倒上茶，把锅盔放在竹编的圆盒里，热情地说：我还是给你们新做一个锅盔吧，很快的，用不了什么时间的，今天你们来得正好，我还煮了肉呢。我们谢绝了她的好意。但是，她还是用一双木筷到锅里去夹肉，只见木筷插来捅去，最后，还把铝锅倾斜过来。我说：不用端肉，真的，我们刚刚在乌金家吃过了。她把锅再次斜下来，用筷子再次搅拌，似乎锅里的肉被隐藏了起来，或者消失了。突然，她回过神来似的破口骂道："啊，该爆肚子的乌金，连锅里的肉都偷走了。"我还如坠迷雾中，贾老师却笑道："吃了吃了，先就吃了，一样嘛。"志玛也忍不住放声笑起来："古瓦家真会帮忙呢，哈哈哈……"

哦，还真有这样的事？

太奇了。

你真的亲身经历？

汪杰笑眯眯地看着瞪大眼睛的我们说：

"这个就是特让的能耐，有些人家专门供奉这种小神子。乌金就供。传说，特让有时化成小孩子身形与小孩子一同玩耍呢。有些小孩子独自一个人时而开心大笑，时而赌气撅嘴，大发脾气。你问他怎么回事，他就说他耍赖。问哪个他？小孩子也说不清楚。有些高僧说，与小孩子一起玩耍的特让穿着一件绛红衣服，头上一绺发扎成小尾巴，看上去像个幼稚的小孩子，可是，你一旦得罪了他，他会偷走你很多值钱的财物呢。"

哈。哟。啧啧……

爱情的样子

　　占珠的脾气很怪，像秋天的云，你无法知道他什么时候发火，不知道他发火是为哪般。但是，你与他熟悉之后，他会像个大哥一样处处维护你，那可爱的样子像个大男孩。

　　那一次，是我与他同时到新学校。他坐在驾驶室里，而我坐在车厢的木材之上。半途上，上来几个搭车的牧人，他们有说有笑，一副乐天悦地的样子。不久，他们唱起山歌，说唱起格萨尔王的故事，欢声笑语在寂寞的旅途上未曾断绝过。到县城，大家解手时，占珠对我说，驾驶室里真闷人，两人都不说话，你那儿好耍一些，你去坐驾驶室吧，我上去。我心想：你自己是个闷果，还好意思说别人呢。我坐进了驾驶室。到了目的地，他一下车就说，原来上面也不好玩呀，我以为那儿多快乐呢。

　　有一天，我们三人逛庙会很累了，觉得口干舌燥的，便对占珠说：大哥，我们喝个茶吧。于是，找一个路边茶店坐下来。刚倒上茶，我对占珠说：你是想到甜茶馆吧，你的心思肯定在那儿。我只是开个玩笑而已。不料，占珠的脾气来了，他从兜里抽出两元钱一丢，把杯子举起猛砸，杯子碎裂在桌子上。他起身就走。同伴还在莫名惊诧中没有反应过来，嘴巴张得大大的，仰头看着他离去的身影。见他走出门，甩手而行，同伴这才喃喃道：噫噫噫，你这伙伴儿的脾气？然后，感叹道：洛绒呀，你咋有个这样的怪朋友啊？还怎么相处？我对他说：他就是这样，你不知道他的脾气，我俩快追上他。我匆忙付茶费就走。

占珠埋首而行，仍是一副气汹汹的样子。我喊着大哥，追上之后，一边同行，一边像小孩子一样哄他。可是，他仍是一副不理不睬的样子。我对占珠说：大哥，我们去吉吉的茶店吧。他两眼将我一瞪，我露出笑脸问：怎么样？我知道我已经说到他的心坎上了。他把嘴巴一撇，扭过头继续前行。我明白，我终于把这大哥的毛发捋顺了，便急急地走到吉吉茶店。

一落座，吉吉笑吟吟地走过来。对大哥亲热地唤道：占珠啦。大哥口笨，我说：老样子。吉吉说：好咧。扭着柔软的腰肢走了。很快端来一壶甜茶，吉吉给大哥倒茶时，凝神看着，说：占珠哥。大哥也回看她，神情欢愉，当吉吉展颜一笑，大哥的脸上也绽出了笑。吉吉见他板着的脸化开了，便随着音乐跳起印度舞，将腰扭得像个妩媚之蛇，缓缓地旋到吧台去了。大哥的眼神久久地跟着吉吉的身影。当他将目光收回，停在我们脸上时，我和同伴大笑起来。大哥说：笑笑，还笑？还想装出一副原来的样子来，可是，笑意溢得脸上生光，双目熠熠，把一个偏牛脾气的人换了样子。

不知道木讷的大哥与开朗轻灵的吉吉是怎么相互喜欢上的。或许，这就是爱情的秘密吧，不可能成为可能，风马牛不相及的东西走到一起。

于是，古怪的大哥坐了四年吉吉茶店，直到大学毕业。吉吉呢，用年轻的笑脸深情地看了四年大哥。然而，故事再也没有深入下去，因为大哥进校前就结了婚。

多年之后，占珠的一位同学与吉吉结了婚。

我出差去坐吉吉茶店，吉吉热情接待我，像是遇见了大哥似的。因为我知道吉吉的那段隐秘情感，所以吉吉毫不在意地问我大哥的情况，并跑进屋取出占珠他们班的合影，她把合影中的大哥用食指擦拭得亮净了，双目深情地看着，说：这是我的心上人啊。然后，俯下头，留下深情的一吻。我拿过照片来看，见吉吉的爱人坐在一角蹙着眉头，似乎很不爽快的样子。

　　回到故乡，我向大哥说起吉吉的此举。大哥一句话都不说，把我凝视了好久，然后，又是很不高兴的样子，也不招呼一声就走了。我起身追出去。

　　哗，阳光扑面而来，往昔之水潺潺流淌起来。

　　我对自己说：哇，大哥的老样子又回来了！

传说三则

网　鱼

几个干部在寺院附近网鱼，僧人们大声吼叫着冲出来——这里禁渔数年了。

面对怒火中烧的僧人，他们终于害怕了。

一位僧人大声地吼道：你不是藏人吗？怎么不守规矩而杀生呢？如果是汉人还可原谅。

绕登急中生智，道：觉悟仁巴，昂不没。意为，对释迦佛起誓，我不是藏人。

僧人一愣，问：那你怎么会说藏语？

绕登明白自己是吓糊涂了，便只好说：我是学的。自己的脸不觉间红到了耳根。

见他尴尬的样子，僧人们忍不住哈哈大笑。

花　仙

嘉绒井备深山，所有女人美丽如花，一个赛过一个。

俗语道：过井备，不能看女人。

到拉萨学佛朝圣，井备是必经之地，而男人们一旦路过此地，神魂便被美女勾住，脚步再也无法向前挪动了，男人不再去朝圣，僧人破戒还俗。

于是，天长日久，当地流行一风俗：女人不洗脸，有客人来时，女人做饭时洗手洗到手指根为止，如果有高僧大德莅临，也只洗到手腕。

天性快乐的女人们劳动间隙到河边休息时，她们像唧唧喳喳的鸟儿，又唱又跳。面对清亮的河水，终于禁不住用清水洗脸洗手，对水镜凝视良久，有些人便爱上了自己，从此像一个单相思的恋人般，魂牵梦萦。美丽的女人们要回家了，便往脸上擦泥土，一张张花朵般的脸儿又消失在泥尘之后了，只有一双双蝴蝶般的眼睛亮亮地忽闪着。

美女之地名声传向王宫。于是，朝廷每年选一妃子进宫。每选中一妃子，村人便在村寨之后栽一棵树纪念，数百年间，蔚然繁茂，成了一片林子。

更奇的是，每五年，十三岁的女子中选中一位最美貌的人，由村人举行隆重的仪式送到山头的花山上，那里花开得极艳极灿烂，像是到了花的国度。那女子被村人尊为花仙，女子和家族也感到无上光荣。那少女在花海中留下来，每天的饮食日渐减少，到第四十九天时，再也不进一滴水一口饭了。此时，女子变得极艳极灿烂，身子越来越柔软越来越轻灵，终于，当霞光满天，太阳像烧化的巨大水滴要滴落到山后时，一阵仙乐般空灵的音乐从空中缥缈传来，同时，天地充满了浓郁的芳香，那一刻，奇迹发生了：那女子消失了！

村人对着山顶磕头，嘴里喃喃地说：成花仙了！仙女！仙女哟！

传说，正是由于有这些花仙的护佑，井备村寨从古至今出大美女呢。

黑　狗

在甲拉土司的经堂中时常能看见一只黑狗，它混在转塔的人群中跑来窜去。

对这只黑狗的来历，没有人做过深究。转塔人以为是甲拉家的看家狗。

黑狗毛发浓密，体格高大，显得威风凛凛。当它跃起时，头可搭到男人的肩头。甲拉家人以为是某个转经者的老狗，任由它自由出入经堂。

某一天，黑狗冲到经堂，扬起爪子，一卷扫，哐啷啷，把经堂上的供水供品一股脑儿掀翻到地板上。

家人冲进来呵斥，忙乱地躬身捡拾供器果品，待再来收拾黑狗时，它已经消失得无影无踪。

从此，黑狗再也没有出现了！不久，风暴席卷而来，苦难从天而降！

土司这才知道黑狗原来是供在经堂中的黑护法的化身。

身　体

我迈入不惑之年时，才懂得感恩自己的身体。

我感谢眼睛，让我看见了五彩缤纷的世界——虽然它还不能看到光的七彩面目；

我感谢耳朵，让我听见了世间的各类声音——虽然它对噪声还缺乏抵抗力；

我感谢鼻子，让我闻到了凡间的各种气味——虽然它不及狗鼻的嗅觉；

我感谢舌头，让我尝遍了美味佳肴——虽然它不会辨别假冒伪劣食品。

我感谢我的双手双脚双腿，感谢我的七窍八孔，五脏六腑，血液经脉，以及无数的汗毛孔，是它们共同撑起身之大厦，让我的意识、魂魄愉快地寄居于这超五星级酒店。虽然，它们之间时时有一些摩擦，但在我心灵的旗帜下仍和谐和睦，没有一个甩手而去，没有一个强夺另一个的领地，没有一个变节逃到另一个的身上。

当然，我更要感谢灵魂——它虽然像虚空般广袤，像阳光般难以捕捉，但它长驻于躯体，在凡间旅行时，我的生命便在歌声与开悟的道路上，像一个天神那样光彩夺目。

看啊，这行双手敲下的礼赞文字是多么曼妙轻灵！

听啊，灵魂铺展开蓝天般的稿笺，抒写更恢弘的华章，唱颂来自我身心小宇宙的明净、光明和"无我"大境，无疑，那是天、地与万物的交响乐音！

等　待

旺秋太想当局长了，这都成了他的一块心病，他日思夜想，夜里去梦里来，都在想象当上一把手。十余年的苦熬，令他逼近了知天命的年龄了。然而，一次又一次的换届调整中，都没有他的名字，一个又一个年龄比他大的人，能力也显见比他差的人都得到了提拔。在心理的落差中，在等待中，他过着生不如死的日子——别人见他乐观开朗，而他的内心充满了苦涩，像是满树零落的秋末，像朔风凛冽的寒宫。

当人心的地狱几乎将他吞噬时，他开始像先祖一般，向命运讨教了。他把自己的停滞不前归结于天命多舛，归结于一些魔障设置的坎坷。于是，他请人打卦求签，找僧人作法事，向寺院布施，并勤带地祭山神祀护法，企图以人间与非人间的办法打通障碍，一举通向一把手的光辉大道。甚至，他还依靠梦的力量为自己制造各种吉兆和预示，比如，他认为单位的风水不好，于是，在梦中将单位楼房前挡道的树木砍倒，并且有人信誓旦旦地对他说，现在不利的风水已经改观了；他还在梦中编织种地、丰收、修房等景象，还开着一辆日本产的沙漠王子驰向金色坦途。当然，免不了祷告，祈求神灵和菩萨的帮忙，自然说了一大堆谎言，心里做各种回报的承诺。

然而，他觉得应该会水到渠成的漫长的一年又翻过了年坎，这使他跌入了冰冻的惨境，更不曾预料的是：局长退休，从外单位调来一位局长，而将他调离了。他完全陷入了绝望，并下定决心：从此不再相信人世的公理，不再相信所谓神灵之语。

他从心灰意冷的灰败心境中走出，支付了大约半年的时光。之后，他决定破罐破摔，放纵生活。他的脸上每天挂着玩世不恭的讥诮神情，工作态度也模棱两可，时常让新单位的手下人感到手足无措。这一年秋天，命运却像开玩笑，把整个世界拿来戏弄似的，他被调回原单位，当了梦寐以求的一把手。

旺秋的人生春天这才展开了多彩画境。自然，他悄悄去还了愿——无论是人间还是神界都要讲究礼尚往来呢。

正当春风得意，众人倾慕之时，下属单位发生了一场火灾，财产损失不究，火魔竟然把一个老人烧死了！

他再次开始等待，而这次的等待会不会是个出人意料的结局呢？

现代神话

　　村里像风一般传开绒木活佛取下齿虫、脑虫的种种传奇。说某某到外地省城大医院，花了数万元一直没治好的头疼病，自从绒木取了虫子后就好了。还说到他那儿取虫子的人络绎不绝，理塘的，巴塘的，啥地方的人都有，有的牙疼病治好了，有的脸肿病治好了，有的偏头疼治好了。很多人绘声绘色地说取出咋样的虫子，有人说白色，细如针线，有人说像松茸上的棕色虫子，足足取了七条，有人说像肉虫，又粗又亮。还说本村某某的病治好了，某某的只取了一次，对某某又要求再取第二次……种种传闻有人亲历更有许多人只是传布各种说法，于是，活佛的神奇之举像神话一般，从古老的梦想之地飞出，飞到河谷内外了。

　　绒木的办法很简单：在火中烤红一块白石，将它取出放在一个盆子里，盆底舀上一些水，在白石上抹上猪油，混合村人称为"忠冲"的草籽之药——大概那是虫饵，然后用一块剪了底子的塑料瓶子对着开始升起袅袅烟雾的白石，病人用一竹管嘴对瓶口，对着封闭小世界又吸又吐，不久，虫子开始出来了，倒出来时还在蠕动。

　　人们惊呼："阿妈，我们的脸上有这么多虫子？""脑子里生着这么粗的虫子，难怪头痛得厉害!""阿木（叔叔之意）呀，你还需要啥功德哟？这就是功德啦!""啊呀，两人虫子的颜色不一样呢，哪是脑虫哪是齿虫呀?"

有人把取虫子看成是活佛显示神通，有人平淡地说这不奇怪，喜欢腐烂味道的虫子闻猪油之味而来。有人嗤鼻：那你也取一个看看？那人说：谁说我不行呢？我只是缺少药品器具罢了。有人认为除了那些手段，活佛因为加持了才使虫子掉出来，也有人认为这些全是谎言，并振振有词道：如果绒木那样厉害，那他早就世界闻名了。当病人说明确有其事时，有人就说那也许是魔术，有人退一步认为诱出齿虫是可能的，而他能取出脑里的虫子，那他在中国都盛不下了，早成了世界名医。之所以头不再痛了，可能是因为齿脑相连，齿虫出来了，头也就自然好了。关于真假和虫子数量大小等等，人们仍然在争辩，仍在吵吵嚷嚷……

现代神话在人心里筑巢、孵化、飞翔。这是尘世的生活，也是精神世界的乐趣。

这时候，母亲异常冷静地说："我小时候见过取虫子，是当时借宿家里的白依人做的，其他都一样，只是用的是取了底木的'直（度量的木具）'，用'直'吹吸之后，能听到落在水中的'吱'声，他们说那就是虫子。"

这时候，我因为寺院僧尼定员和清退工作回到故乡。

村人看着我的脸色，而我不露声色，把嘴巴紧紧闭锁起来。神秘总是在默默中滋长和强大!

绝笔画

　　堪布赤村坐在幽深的寺院里，一处高楼上的僧房中。他觉得一道炫目的光芒闪过，令他不由自主地闭上了眼睛，然后，悲伤像硕曲河一样从心头流过。脆弱，生命真是脆弱无常，他想，这小伙怎么只有这点福报呢？然后，他转念思忖：他如何有这神来之笔？有如此奇妙的大缘分呢？堪布想通过禅定观察，无奈自己的神思像那印度的神猴，跳来窜去，心猿意马，总也不听使唤。但是，他已经预测到纷至沓来朝拜画像的人流，关于他的传奇也像一场雨下在寂寞的尘世，纷纷扬扬……宿命，像雾一样，令老僧万般感慨。

　　那还是一年之前，几个堪布正在商量请塑像之人和画壁画之人。这时候，一个二十出头的小伙子走进屋来，尚未坐下，就自我介绍他叫占争，请各位喇嘛让他参与画壁画工作。没有人吭声，大家都觉得这嫩青真是不自量力，寺院几年辛苦恢复，无论如何，画壁画之人都要请有名的画师。占争见没有人搭理，脸上显出难堪之色，但他又蹲坐下来，请求让他试一试，他可以一分钱的工钱都不要。堪布见他如此执著，便问他跟随哪个画师学过画，画

155

过哪些寺院的壁画，学了几年唐卡。听他说只学过一年的唐卡，也没有被谁请去画过画，喇嘛脸上露出宽容的笑。堪布问：你不知道只有名画师才会被请吗？占争抬起头，望着堪布，眼里流露出热诚之光：我知道，但是无论如何请我画赤江活佛的像吧？扎扎，我不要工钱。那是壁画中最重要的壁画呢，不会随便找人画的，你还是忙自己的事吧。占争又祈求道：扎扎，请你们再考虑一下。眼里闪着清亮的光波。有个喇嘛笑道：占争，你走吧，不要耽误我们，大家正商量要事呢。占争边退步边说道：那我再来找。另一喇嘛说：不用找了。说完。嘎嘎而笑。占争听出刺耳之音。

第二天，第三天，僧人们看到占争屁颠屁颠地跟在堪布和管家之后，请求着、争取着，可谓苦口婆心。

也许是被缠得无奈，再就是被他的诚意感动吧，僧人们看见占争在门边的暗角攀上架梯，开始画起来了。没有人留意这样一个无名之人，而外地请来的画师们更没人把他放在眼里。堪布的想法是：看他对赤江活佛如此有信仰，对绘画这样执著，就让他在暗角一壁试一试吧，假如画得不成功，让别人重新画好了。

时间无声地流淌。占争早早地来，晚晚地回去，在默默无言中，勾描，上色，一步步，缓慢而有序地作画。人们像视而不见，从他身边快步走过。

可是，传奇像一朵奇妙的花一般开放，在寂静的僧群中像爆炸一般传布开来。那嘎嘎而笑的喇嘛风风火火来到堪布的僧房，吭哧吭哧喘着粗气道：不得了，真是不得了。堪布无声而笑。待平静下来，听他慢慢诉说。堪布听了也是心中一惊，便想：那真是个奇妙圆满的因缘哟。他随喇嘛来到壁画前，也惊呆了。正在围观的僧人和信众都在啧啧称奇。像，真是太像了！赤江、纳瓜、宋秋三个活佛栩栩如生地端坐在莲花宝座上,如真人莅临,令仰望的堪布也像众人一般在内心涌起太多复杂的情愫。人们惊奇,欣喜,不时又有人围拢过来。此时,占争默默地走开了。

堪布回到僧房,让人唤来占争。这下,堪布把画巨幅赤江活佛壁画的任务正式交给他。堪布请他喝茶,肯定了他的绘画,说了许多鼓励的话。占争很感动,他表示一定画好活佛,这对他是很大的缘分,请堪布放心。

占争的传奇正在流传。在人们的期待中,当吉祥的日子来临之时,赤江活佛慈眉善目地出现在众人面前,生动,传神,那眼睛像是在说话呢。噫,吔,啊啧啧,咯咯……惊讶声此起彼伏。更令人称奇的是,你无论从哪个角落仰望,活佛的眼睛都在随你转动,活佛始终正眼凝视着任何人。

"太像了,我拜见过的,像真人一样。"

"是呀。我们有福气呢。"

"听说,占争没学过绘画。"

"没学过?那太神奇了。"

"怎么可能?学画的人有的得学一辈子。"

"天才?真有这回事?"

"那他可能是某个画师的转世吧?而且有此缘分。"

……

堪布和僧人们等待着占争画完周围的缀饰画。外地的画师们也开始对他刮目相看了。

堪布暗暗为自己的决定兴奋,同时,对小伙子的将来充满了期待。

可是,乌云张着黑翅来了。

"堪布,占争死了!"几天后,一僧人慌忙来报。

"死了,怎么会死?昨天不是好好的吗?"

"他被车撞了!"

"真是造孽!"

原来,占争骑摩托车回家时与蹦蹦车相撞,脑袋被卷进轮子下,被碾成了一摊泥水。

赤江活佛坐在宝座上,微笑熠熠,神情清悦,像是超绝于尘寰……传说,有人打通电话给此世的赤江活佛,请他超度占争的亡灵,活佛说:"他昨天就来了!"

堪布赤村每当路过赤江活佛壁画时,眼前就会出现占争模糊的面孔:热诚的请求,闪光的眸子。堪布隐痛的心思忖:或许,他此生是为着这幅绝笔画而生而来的吧!

写给儿子

儿子，你说你追随太阳而来。

儿子，那时，你恋着母亲温暖的子宫，一再延期出世，最终令我们和医生都焦躁害怕起来。医生让你母亲再去照 B 超，看过照片，医生说，再不能拖了，恐怕只有做剖宫产手术了。这是我们所不愿意的啊。有人说，人在无助的时候求神。我和你奶奶、婆婆到寺院附近的僧房中，找到了男扮女装的降神师，请他卜卦。他在熏钵中烧过糌粑，祈请过供养的护法神之后，连卦了三次，然后，看着念珠惊奇地说：啊啧，很好的一个儿子（这蕴含着多种含义：有福气、灵异等等）。又说，可惜可惜，医院里邪气重，怕要在降生前变成女子呢。我的心儿立刻蹦到嗓子眼儿了。我急忙问：现在还是儿子吗？现在还是，卦师肯定地说。仿佛在他面前一切都明朗清晰，如一幅生动画面。卦师又举起佛珠，说，他说他将追随太阳而来，明天阳光一落地，他就会降生。我们悬着的心终于落了下来。卦师让两位母亲给寺院一点小供养，请僧人念平安经。

儿子，你知道吗？爸爸紧张而又兴奋地迎候着你的降生。或许是作了法事之故吧，你在当夜就开始不安分起来，又踢又蹬，

159

令你母亲疼得直叫。深夜，我们喊来了那位又胖又高骂骂咧咧而又心地善良的妇产科医生，医生把你们带进了产房。你奶奶和婆婆始终守候在你母亲身边。你母亲疼得又叫又哭，有时晕眩过去，疼的时间太长，累了，你稍待歇息时，你母亲立刻鼾声大作。终于，凌晨三点钟时，我听到噔噔噔的跑动声，你婆婆满脸泪水地出现在门口：生了，是儿子。儿子，爸爸心里顿时一片光明，一片灿烂，一片温馨舒畅。

儿子，看着你长长的尖脑袋，看着你小小的身子，爸爸的心里多么惊奇而又兴奋！我们用毛毡包起娇小的你，你微微动了动嘴唇，然后沉沉睡去。你母亲因为大出血身子很虚弱，是爸爸将你母亲从产房抱上楼的，那时，你母亲的血仍流淌不止，把爸爸的裤子都濡湿了。那一刻，爸爸觉得我与你和你母亲一生相携相连在一起了。把你母亲平放在床上后，她立刻闭上眼睛，医生急呼：不要睡不要睡，睁开眼睛。当你母亲渐渐恢复过来之后，医生才告诉我们真相，说你母亲大出血，血水直往外溅泻，她用手把血不断往里灌。她说她接生太多，也怕了，怕你母亲猝然离世，因此，你母亲一闭眼睡觉，她便急呼，原因在此。她说只要人的神经一松，紧绷的生命很容易离去的。你母亲在医院里躺了半个多月之后，有一天因贫血又突然晕倒，差点就走了，后来，输了你舅舅的血之后，你母亲的脸上才开始有了血色红晕。

儿子，你的降生是候了一个吉日。在你再三推迟时，我们曾说你是不是在等着十五日这个吉日。果不其然。你姗姗来迟，终于在十五日那天降生，那天寺院开始举行宗喀巴的纪念法会。儿子，你的铮铮宣言兑现了，而且你比太阳更早，你是乘着黎明的信息而来。在你身后，太阳姗姗而来，光芒普照大地、人间。你出生的那一刻，天地静默，一切像是在静静地迎候着你，为你默默祝祷。医院里也一片阒寂。儿子，你来到了爸爸怦怦跳动的心尖上，然后，你的一切融入到爸爸的血液中，化在人生里了！

儿子，我想告诉你：一个新生命的诞生是多么艰难，充满了挣扎、痛苦，甚至需要付出生命的代价啊。然而，新生命的降生又是何等的壮丽、辉煌！

儿子，我们庆贺你的诞生，因为你，我的人生又增添了欢乐的阳光！

儿子，你来了，母亲安全了，爸爸却要远行了。儿子，在你孕育成长之时，爸爸毅然作出了人生一个重要的决定：到州府工作！儿子，爸爸在异地他乡时，你是父亲心中的皓月，思念的银辉流泻一地，脉脉的温情汇成海洋，而最苦最累的是你的母亲！

儿子，你一生都要记住母亲的恩典啊！

儿子，你追随太阳而来，我相信你也会随着太阳的光芒茁壮成长，最终成为一个顶天立地的雪域汉子！

枯树与新枝

　　时间，当它构成我的物质如流水般消耗我的容貌，令白发从黑发中探出嘲讽的笑脸时，村庄也在某一个谜一般的黄昏突然显出老相来。一个诗人以枯树与新枝赞美着时代的进步与变迁。村庄无语，时间无语，沉沉的暮色笼罩着万物的身躯。一些孩子的欢笑如同时间之河偶然泛起的浪花，瞬间又消失，遁入寂寥。我的眼光探寻着时代与时代的交接之地，却无中生有地发现许多秘密的文字。可是，有趣的新人还在不断诞生。有人鄙夷地说：一个父母最大的罪恶莫过于生一个孩子，让他经受人世的苦厄轮回。我又看见村里老人面对神秘时间，面对老死的恐惧，备下了自己信仰的盘缠。当死神或者亡者突然出现，有人几乎吓掉自己的魂魄。野外林间，在一块石头上，当巴桑用炭火点燃糌粑等食物，犒劳饿鬼们，当本村的亡人阿珠气喘吁吁地来到面前时，他吓得失声大叫，整个人向后倒去。阿珠只好遁迹而食。阿珠向千百个鬼道朋友吹嘘说，巴桑是他小时候的朋友，他专为自己供索食，因为自己被铁弹击穿心脏死在那儿之后，再也没能继续新的灵魂之旅了。众鬼见此情形，笑得前仰后合，阿珠丢尽了颜面。他化成一缕风忧伤地离去。身后是呱啦啦的嘲笑声。当巴桑醒过来时，一切如幻影，显得很不真实。定曲河水像时间的影子像人类的岁月，无人能拴紧它流动的脚步。一些浅薄的笑话还在持续：自己的小弟病重在床，眼看熬不过几天了，巴桑执意要去外地法会听经，说如果错过了，几年以后才会有呢。家人的怒气与嘲讽也没能打消巴桑的决心。听啊，那个诗人歌唱的新意嫩枝没能绽开，反堕到古老的私利中了。我还看见人们将信仰与神通混为一谈，如果没有奇异的表现，人们心中的地位就不断往下坠落，直至再也没有人上门打卦和供养了。而且，如果高僧大德有许多有钱的老板做弟子，那他的名声就会很快响彻四方。于是，习惯于追风逐蝶的人们追随着他的脚步纷至沓来。神灵在物质的庞然大物面前似乎也变得昏昏然了。一切如此现实，如同我的文字——它也追逐着自己的名声。我的性灵村人一样贫乏，像这个时代一样贫血。当然，那个诗人的金色歌声是向着另一个世界的虚幻而舞蹈。

神秘的时间，你将我出生的故乡闭锁在狭窄的空间，自成一格，时间与空间再一合谋，把我揉成花朵的碎末，于是，我难寻自己古老的面目了，更枉论写出人心的大辞章！

梦之旅

　　不断地做梦，不断地遗忘，又不断地生发，像万物，像永不停歇的河流，像人生的另一面，如同地球上的黑夜，又像黑暗珍藏的残缺映像，像一座永不见底的迷宫，或者，梦是人类灵魂的迷失之地？

　　古往今来，有谁解读了梦的谜底？我看到阿根廷人博尔赫斯不断穿行于梦与迷宫之间，留下许多似是而非的华美辞章，但最终还是一片迷雾。印度神话中出现的许多入梦以及捕梦之人，现今都已经绝迹。藏人的卦师、高僧往往通过打卦或者翻动卦书，做着解析和挽救梦境的工作 ——那些弥补的法事由卦书揭示，或者由打卦者开示，除了少量精确阐释，多数仍难免堕入嫌疑的泥淖。很多科学家也探究梦的来历和梦的种种形式，却发现梦永远无法穷尽。唯物论者更只剩生硬的结论。当然，传说人类的许多伟大预言家都从梦中得到神灵的启示，道出未来天意的道路。但是，更多的预言仍像梦一般难解，或留下诸多的歧途。

　　我在我的梦里出生、成长、焦虑、行走、飞翔、声色犬马、死亡 ……呈现各式各样的面目，展露喜怒哀乐孤独宁静等各样情态。我有时像自己，有时像一个陌生人，更多的时候像失去自由之人，被那股祖先称之为业力的风带着，走向无穷无尽梦影组成的河流。我做自己的梦，也做别人的梦。我梦见阿称将房子修到顶层，现实中他真的当上了官，我梦见侄女拉措的鼻根几乎断掉，而她的确得了一场遭遇死神的大病，我梦见索朗背着书包远行，而他真的考上了大学，我梦见列珠活佛变得白发苍苍在路上跌倒，而他真已在故乡圆寂……凡此种种，是我梦之精华，或者说万分之一的有用之梦。太多的梦，破败如浮躁世风，混乱似打开的魔盒，无法拣拾和整理，当然偶然清晰的黎明之梦，像硕果仅存的冬之果，一点点成熟为逼真的现实，仿佛是有一位神灵托梦或启示。在人生困惑或艰难之期，我向梦求助，而它无情无义，毫不理会心灵的哀求。比如，昨夜我在梦中放弃拾取林中的毒蘑菇和假蘑菇，虽然我知道某些外来商贩是分不清真假的，但是我又莫名欢快地拣拾起许多石块来，把薄薄的塑料袋都要撑破了。那些石块做什么用，梦全然不予交代。醒来后我陷入苦恼之境，想不明白它的用意，或者，那本来就是对我的一场戏弄而已，而我却要当真。今夜，它又要表演什么呢？我完全无法猜度。

梦到底是什么？是一场关于前生往世的记忆苏醒，还是关于生生死死的一场链接之河？抑或是填充空洞人生的空虚影像，毫无意义？藏人关于梦瑜伽的修炼，真能将梦善用为花朵的芳菲？

我溯着梦河漂游，经历了人生的春夏秋冬和黎明黄昏：四肢匍匐、双脚行走到用三条腿蹒跚而行，体验过人生的百态情思，更令我羞愧的是：戴着种种面具，虚伪透顶，或者把面具忘得干干净净，成为一个百耻不顾之人。梦河，你又打算将我掳向何方呢？——今天依然不见尽头！

在二〇〇九年的某个夜晚，在一个叫康定的小城，我从博尔赫斯的世界中走出后，展开了无端的遐想：是不是博氏的梦影飘浮到我的心上来了？让我这般感慨。我思忖：浮生如梦，梦如人生；我如梦，梦如我，梦如梦。或者：梦是宇宙的奇妙形式；拽着梦那头的是神，一个时常浑浑噩噩的梦神。或者：梦是死亡的另一种呈现方式，是我灵魂的漫无边际的流浪之旅，即使某一天肉体消亡，它还将继续孤独旅程。

空　虚

智者对我说：人生与梦同质。

我大声地抗议：不，人生是实有的，而非虚幻，你瞧：我的地位、名利、家庭、财产、妻儿，哪一样不是实实在在的？

这一切终将消失，像梦一般离去。

那只是将来，你是虚无主义！请你走开！

我说的是本质，而不是表象，你只是不愿看到事物本来的面目罢了。一切都会改变，无常才是万物的本性。

难道连时间都会消亡？大地山川都会灭亡？

怎么不会？宇宙有生、住、灭、空，尔后又再生。时间？时间不过是人类臆想的界限而已。

宇宙都有再生，那不是说生命不灭吗？

是呀是呀，我俩看来要走到一起了。一切都是从无中生有，一切都不过是暂时的因缘和合。空虚哟，像这虚空一般，多么博大、清明。虚幻不就是万物的本质吗？身处流变之中，你要及早放下执著，认清人生的真相。

我就是我自己的真相。

难道你真是自己的真相吗？智者说完，凝视着我，呵呵呵地笑起来。

我突然感到脸上像爬了蚂蚁似的不自在，心头也顿时掠过一股冷风。

智者恍惚说道：我在定观中看见你前世是一头牦牛，因为恋着主人的恩典此世投生为人，而你下世将成为一个天人，然后，又……

我顿生恐惧，转身逃走，如一缕风，隐入村寨。

当我奔到家门口时，耳旁仍能听见智者哈哈哈的大笑声，只是声音渐渐变小，淡去。

我推门入院，只见阿根廷人博尔赫斯拄着拐杖，迎面走来。我想自己肯定不小心迷了路，转过身正待离去，面前耸着一堵高墙。哪里有木门或道路的踪迹？这时，博尔赫斯的声音在我身后朗声响起：

"一个藏人终于落到我用梦编织的迷宫中了！"

飞　鱼

　　那只黑毛狗扑上来咬住了我的小腿，我大叫一声，倒在地上，心里想着要引起别人的注意，可是，没有人看到我的狼狈相，我双手乱舞，用另一条自由的腿使劲地踢黑狗，再用一只手帮忙，努力把被咬住的腿从狗嘴里拔出。然而，那无声的狗咬得越发紧了，使我无法脱身。那当口，我暗忖：它怎么没咬出血来呢？——按古老的说法：如果见了血水那应当是好征兆，表示走运。那沉默得像傻子一样的狗仍死死咬住不放。我在另一个世界里既显得狼狈又颇为尴尬。

　　雪花趁着人们熟睡的夜晚，把世界笼罩得一片银白，阳光也温情脉脉地光临，让寒苦之地的人们感受到温暖像春水一般流泛开来。

　　我说：郭达山正在煨桑。妻子推窗而望，笑道：的确像呢。她不理解我的心思。

　　我又说：我得燃烟供“索”。妻子不满地说：你又想将屋子弄得两三天都是糌粑味吧。

　　我在电炉上放上一只不锈钢的小盘子，用糌粑酥油茶叶等燃上索食，再用清水沐浴洁净食物。心里暗忖：她没说满屋是鬼道众生已经算很好了。一个人想象力的缺乏或者不明真相倒不失为一件开心之事。

第二天，家人来电话，说村里的女酒鬼本劳去世了，昨晚醉了之后没有人理她，今天众人去劳动，见她恍恍惚惚地起床后，呆坐在灶塘边。扎让中途回家时见她已靠在灶边咽了气。

我说：没有太伤悲吧？毕竟多年的酒鬼。

不，母亲说：家人还是很伤心，连女婿都觉得大家对她太冷漠，没有人关心，很是后悔。

我哈哈笑道：人心真是奇怪啊。

老家屋子里突然来了许多人，其中有一个巨人怀疑我是在装病。他俯身到床铺前。我把自己蜷曲得更厉害，嘴里发出可怜的呻吟。巨人走后，我匆忙起来，开始吃喝。他却杀了个回马枪，突然出现在面前。他诧异道：你这人好好的嘛。我把头伸过去：你看看，我连头发都白完了。他撩起头发看了看，说：真是，怎么除了发梢下面都是白色的？我说：那也是假的呀，我是染了发，才这样的。

巨人不吭声了。我想：我干脆趁机把头发剃光，戴上礼帽吧。

村外的山溪水暴涨，那个麻风病人说着疯话满山乱窜。村人看着他大笑。突然，他举起一根木棒，冲向汹涌的水，当身子漂在水面时，还手举木棒击打流水，嘴里呀呀吼叫不止。众人正看得惊奇，一条大鱼从水里猛然飞上来。我站在田边，惊看那鱼儿直直地飞来。它的目标像是村子哟。有人慌张地叫道：快把飞鱼吆出来呀。我随手捡起一根木材，向着鱼儿挥去。飞鱼转身向着山脚飞去。那麻风病人也像鸟儿一般从水面上飞起来，向着飞鱼追去。这时候，大家吆喝飞鱼的声音响彻云霄。飞鱼显得更加慌乱。它上下飞蹿。见没有出路，便又一次向我的方向飞来。我再一次挥棒而打，受击的鱼嘴发出沉闷的声音，并溅出混浊的水花，还合着一丝血腥味。飞鱼在坠落途中，完成了艰难的转身，然后，一头冲向一块土堆。在人们的混乱的吼声中，它竟然用尖嘴撞开一条土缝，遁入地下了。

村人感到不安和恐惧。众人悻悻而归。

黄昏降临，我看见头顶的天空中飞过一块巨大的陨石。我正欲蹲身方便，两片石块落到了水沟边，看得出还冒着热气。于是，我把双脚踏在这两片石块上，开始用力泻肚。当我起身时，奇迹终于发生了：我的脚印深深烙在石头上了。

我兴奋地大声唤弟弟过来，这奇迹总得有人见证啊，这不是活佛们才有的神通吗?! 然而，弟弟毫无动静。石头却越变越薄，脚印快要消失了。我赶紧躬身用手摩挲 ——人们说用手将它弄脏，凹印就不会凸填回复。可是，石头已变得像纸一般薄脆了。于是，我用手将它揉成碎末，碎末随风飘浮起来。我想：不论如何不能让它全部飘走，我得用一些碎末作为神通的见证，并且用作护身符。

虽然无人见证神通的落寞涌上心头，但我毕竟是真切经历过了，遗憾之余，心中难免沾沾自喜：我也开悟了吧?!

彻 悟

科学总是板着一副面孔恐吓我，仿佛它是真理的主宰。然而，它依然难掩虚伪和怯懦的一面。唯物主义和唯心主义也来到内心里争宠。我依然无法看清自己命运的面目。我像一滴从草尖滚落的露水，在未知的风水中等待：汇入河流，或蒸发融入虚空。我听到扎巴通过一场无与伦比的梦成为格萨尔王说唱艺人，绒木在禅定中证悟，并且拥有了神通——他当着众人的面，伸手向虚空一接，立刻抓到了一支金刚杵和一尊佛像，密修数十年的曲扎大师更加神奇，他口述，由三人同时记录，三部洋洋洒洒的天藏之史诗重现人间，格绒踏上文学的名利之途，正成为星光熠熠的明星……而我在等待天启的命运中日渐老去。

银河缥缈，岁月无限，人生如朝露春花，多么短暂！

天地静谧，永恒寓意何在？难道真有天定的轨道？

在沉思中我又听到了科学的嘲笑之声。唯心论独自编织着没有中心的迷宫，唯物者以贪天之心累积财富。尘世中，因与果似乎处于脱节之状，善与恶正交换着秘密的书信！

博尔赫斯，为何你让我堕入你的文字迷宫，却又令我无法抵达自己生命最深处的秘境？

"我曾经想过，人们的生活不论如何错综复杂，千头万绪，事实上只有一个瞬间：也就是大彻大悟，知道自己是谁的那个瞬间。"

　　我仍困在难以圆满的人生中，静候虚幻的 ——彻悟时分的——幸福。

　　自在的浪花未曾泛上我冰冷的额头，灵性的目光还在躲躲藏藏。我猛然听见：博尔赫斯去世已多年！

天　珠

　　一颗三眼的天珠挂到我的床头上了。我终于有了一种拥有宝贝之人的那种心态：我是富有之人，谁也不比谁差！

　　我用手晃动串起天珠的丝线，三只眼便轮番看着我。

　　三眼？三只眼真能带来某种福气？难道它并不顾及自己的来历吗？

　　曲批是想讨好我吧 ——否则他怎么会如此聪明呢？循循善诱，让我那吝啬的大伯将天珠献出来。

　　他先挑起话题，说你大伯在你家修房子时捡到了一颗天珠呢。

　　大伯笑着露出一口尚好的白牙：嗯嗯。

　　我感到好奇。或者心底里本来就有想拥怀天珠的想法吧。

　　怎么捡到的呢？

　　曲批说，是人家阿初曲珍捡到的，又在劳动时弄丢了，这才被你大伯捡到了。

　　那别人不知怎样心疼哦？

　　那是，大伯说，眼前曲珍后悔的样子历历在目。

　　曲批突然转移了话题，他像是我的"托儿"似的：什么宝贝还得配什么样的人，像你嘎斗，一个普通平凡之人，在村里都不

174

起眼，又穷苦，说你有啥宝贝，谁都不会信。你给侄儿看看吧。

大伯犹豫着。曲批催促道：让侄儿看看，人家是见过世面的人，哪像你我，一辈子在哑巴山沟里。

大伯终于起身取来。

我们拿到窗口的光线前细瞧慢看。天珠在手上溜滑自在，一股清凉的光波从手指渗透到心里去了。当我随他们的指点，让天珠在光线下转动起来时，一缕红光在里面幽幽旋转。真的呢，有一个红的东西，是啥呢？是真天珠的标志？

当我们围在火塘边坐下来时，曲批对大伯说：送给侄儿算了，在你手上它啥都算不上，像一颗石子一样。

大伯笑笑，略为吃惊地看着曲批。

曲批又苦口婆心地劝道：真的，我说的是真的，不是说笑。好马要配好鞍才行。

曲批看着我问道：你说是不是？

我的脸色不自然起来，我说：天珠，是真天珠吗？我有一个朋友懂得古董，我倒可以问问。

曲批又说：你又不是送给外人，是送自己的亲侄儿，你女子长大了，说不定他帮你女子找个工作呢。

大伯接口道：那可太好了！

我在心里暗笑：那我不像受贿之人了？这天珠的价也太值了！

曲批说：送了侄儿吧，人家是当官的，说不定你女子的将来真得靠着侄儿了！

我笑了：我可不敢拿找工作作保证。还是自己留着吧。

大伯反而真想送我了。

大伯道：我真送了你，呀。他把天珠递了过来。

言语在我嘴里的流动变得不顺畅，像是某种东西突然间堵塞了胸和心口，使舌头有些木然暗哑……

曲批起身离开时，脸上始终挂着神秘而暧昧的笑意……

死 亡

　　河水混浊，像泥凼里的水，像泥沙的流体。那些没有舌头的鱼被泥土呛得呼吸困难，便纷纷将嘴巴伸出水面，可是，天上的雨水难以浇灭喉咙里冒涌上来的饥渴。不久，河面漂浮起许多鱼尸。

　　人们聚集在河边。天空依然湿漉漉的，没有即将明净的征兆，于是，人们三五个一伙开始捡柴生火。我与代勇坐在河岸一根木材上，把双脚伸进水里玩耍。飘浮的炊烟让人感到一丝温暖气息。我的内心像河水一般混浊不清。代勇突然呕吐起来，他把头俯向河水，翻肠倒肚地吐出大米碎肉食渣，看他吐得那样难受，我用拳头轻轻捶打他的后颈。代勇一边狂吐，一边发出叽里呱啦的难受声。他再次对着河水呕心沥血地倾泻时，身子一晃，咚的一声，人坠到河里。一浪浪河水扫荡，将他漂卷而去。我救人心切，跟着跳了进去。此时，没有一个人察觉到眼前发生的事情。我随水流手舞足蹈追代勇而去。我一边追赶一边呼叫想引起岸上人的注意。可是，没有一个人注视河面，他们沉浸在各自的世界中。河水越来越猛烈，泥土越来越多地灌到嘴巴里并开始堵塞我的喉咙。代勇仍然无影无踪。我奋力向岸边浮游。我哪里是急流的对手，死亡像一片阴影般罩覆到身上来了。我悲凉而哀切地想：死亡，又一次这样没有准备地来临了！

我与罗布向山上攀登时，始终有一个人影影绰绰地伴我们而行——他在穿越林中的另一条小道。我看不清那人的面目，却可以大概猜想出几种可能的样子。我给罗布讲述我梦中的经历以及被死亡突然袭击的恐惧，并且告诉他，死亡是在我毫无准备的情况下降临的。然后，又庆幸地说：幸而，那只是个梦而已。罗布不语。我辩解道：是死亡让我来到了这里。

我记得当罗布告别众人下山时，我暗忖：在此地逗留，我没有去供养本地的护法，可能它不高兴了吧？我该去供养一点钱，祈求它的庇护。我对罗布说出此心意，动员他跟我一同去。罗布说：不用那样，你把几块钱交给当地人请他们搁就行了，何必呢？都要走了。我想：那不够虔诚呢。送行的人已经站成一排了。我只好请帮且大师的母亲替我将三元钱供到护法神前——我的想法是：我、儿子和妻子各一元。大师的母亲握着我的手，一再地嘱托：一定要保护好传统的文化。大师的母亲讲话喜欢用手势，而且幅度很大。她对我真诚交心道：做那些事，你再也不用担心了，可以放开胆子，你们要做好啊！

我与罗布要到达山顶时，那个跟踪而行的人也到了山的另一头。这时，几条岔道出现在面前。我们不知道该走哪条道路。我既猜不透也看不清那个人的面目。

那个人到底是谁呢？

我一翻身，便回到了康定。

我不知道自己是否会落入另一场梦境里，抑或已经安全地回到了真实的现实的世界中？

不管怎样，我突然间省悟到：我本人和我做的梦都是一个更大剧情的一部分，或者说，是更为广阔的梦境或人生的有机组成部分。

我的疑问是：整个地球和地球的所有生灵也是宇宙大梦之一——虽然我们有七情六欲能思能行能创造，但是大梦者随意一掐，便可将一切消隐？而宇宙大梦又是另一个更大更虚无的另一场戏梦？

——由此，我通达到迷宫深处的谜底里。

接下来，我该做什么？又会发生什么呢？

修行逸闻

　　堪布的声音变得低沉，声音里透出一种柔软的悲伤和慈悲："巴登，你是不是觉得冷浸？"

　　堪布的手摸索着那床薄薄的被褥，那冰冷的感觉通过手掌直达内心。

　　堪布的眼里突然有了星星般闪烁的泪光。

　　巴登微低着头恭敬地蹲坐在岩窝的窄角。巴登平静地说："不冷。"

　　他双手掌心朝上，祈请堪布坐到他修行的床上。

　　堪布以踟跌姿势修行入定片刻，之后，为巴登的修行祈祷念经加持。

　　堪布让他的学生们相继进洞，来拜见这位秘修者。我的弟弟邓珠嘎作为第一拨人穿过黑暗的长长的岩洞，七拐八弯通过迷宫般的路途之后，终于走到了最深的洞里。洞里除了那盏因为堪布他们来了而点的酥油灯之外，尘间的光芒丝毫也无法透射进来，相反，岩洞顶上挂满了水珠，水珠滴滴答答不断落下来，岩洞因为浸洇了水而显得湿润油腻，泛着幽暗的光芒。他们一进入岩洞便感到了逼人的寒意。

　　巴登感谢大堪布的加持和祈祷。

堪布再次关心地问他长年累月住在水汪汪的岩洞里修行，是不是寒冷得难以忍受。巴登说，刚披上被子修行时觉得冷，但是真正进入禅定便不觉得冷了，相反周身感到暖融融的。堪布领首点头。巴登似乎为自己辩解似的说，其实岩洞并不常常是这样，只有雨天才这样，即使雨季只要天晴上几天，岩洞里很快变得干燥。

　　堪布慈悲地说："但是，你还是不要常在这里修行吧，那样身体是会染上病的，我看了整个岩洞，那外面的岩窝也很好，你在那里修行吧。"

　　"呀。"巴登答道。

　　堪布对挤在洞口的学僧们说，你们来摸摸他的被子吧。当弟弟摩挲到被褥时，感觉被褥湿浸浸，只要一挤就能挤出水来，像是一片饱含雨意的云雾，随时都能落下阵雨。弟弟的心颤抖了："啊，谁能在这样的地方修行？不要说入定，坐一坐都冷骨呢。"内心不由得升起对修行者的崇敬。

　　堪布解答了巴登关于修行的一些提问之后，问巴登是否有干扰，或者出现某种征兆。巴登说每天晚上深夜十一点左右，总是听到洞外有一个孩子的哭泣声，但他都没有去理会。堪布称他做得好。巴登说，还有一次，他来到洞外时，眼前的世界被一只巨兽遮没了。巨兽的两条前腿叉开搭在洞外的山梁上，他想象不出巨兽到底有多大，当他从巨兽的腹下看出去时，能看到一片湛蓝的天幕。但是，他没有恐惧，他意识到这一切都是魔障在诱惑，于是，他又回到岩洞里继续修行。他再次出洞时，一切已恢复到本来的面目了。

　　堪布给巴登一些开示后，堪布带领学僧们离开了巴登。巴登恭敬地送到洞口，看着堪布下到林中的小路上之后，巴登又独自回到修行洞。

　　他们走了很长的时间，才到达远望到炊烟的村庄边缘。他们回首远望：深山密林中的岩峰独自屹立在蓝天下……

又有谁知道那里住着一位伟大的苦修者呢?!

当他们回到佛学院时，堪布再次向他们讲示了甚深的修行法要，还给他们说，巴登是一位真正的修行者，很有可能成为一位像米拉日巴似的大成就者。堪布说，你们还想听更多的故事吗?大家齐声道：想。

堪布说：巴登杀过人。

学僧们愕然。

他还是当地黑社会的老大呢，但他在某一天感到了深刻的罪恶，于是，他决定求法赎罪修行。他四处打听伟大的上师。当他听到松吉泽仁活佛的名字时，心里顿时生起巨大的信心和虔敬，于是，他再也不愿迟缓和退转了，他一路磕着等身长头，翻山过桥，随着一条条或宽或细的道路，两年后，终于到达了上师的驻地。上师收他为徒，巴登重新从藏文字母学起，像一个牙牙学语的孩童，从此以后，他很少像常人一样卧睡，即便困得要散了架，他也只坐着睡上片刻，一旦醒来，便很快投入到学经之中。你们知道，那时候，巴登有多大岁数吗?

堪布自答道：三十八岁。

轰。像块石子投到了宁静海子里，响起惊天的声响。

他们还想听到更多的故事时，堪布说：时光稍纵即逝，我们不可片刻耽误啊!

堪布从法座上走下来，从表情各异的学僧们中间穿过，匆匆地去往自己的僧屋。

不知道是谁先读起了经文，很快，像涟漪般波动，所有人都摇头晃脑地读了起来，各种声音汇响，学院成了经声之海，撼天动地。

禅定秘意

    邓朱大师又一次沉浸于深度的禅意中。当他感到世界像观自己手掌般清晰明了地呈现于眼前时，他的心旌像微风摇曳起来，随即，那一切景象突然间消失了。他知道这是由于我慢与执著产生的。他毕竟禅修了十三年，对于驾驭内心已经变得轻易而自在，于是，他再次把自己的所有念想都集中和纯然起来，很快他又沉入了深沉的禅定中。这次，他的眼前呈现出村庄的景象：母亲与儿媳妇正为一件皮口袋搁放之地相互指责而终于吵闹起来了；弟弟四朗背着犁具到了田地，当他把犁具摔落地面时，那其中的一头耕牛用犄角在背后一抵，弟弟屁股后的裤子刺啦啦被剖成了两片，弟弟一边用手去护住屁股，一边大声咒骂着转过身来，耕牛在骂声中退后几步，弟弟的脸上显出尴尬和难堪的样子。他用眼光四处看看，好在没有人，便蹲坐下来，蹙起了眉头——这时大师的心中又一次掠过清风般的笑影。可是，他让它无拘束地滑了过去，大师心里只是微微一动念：巴登此刻正在做什么呢？立时，巴登的身影出现在心镜上：巴登在阳光下眯缝双眼，左手攥着那尿碗沿口由尖叉夹住的长木把，右手轻轻地搅动碗里的尿液，尿液化成浮泡，不断地累叠上升，越聚越多。巴登眯眼细察，似乎从那里看出了许多来自身躯的秘密。当他停下搅动，那些泡沫又一颗颗化掉消失，最终只剩了充满着许多沉淀物的黄色尿液了。巴登再一次搅动尿液时，鼻子下垂挂着的白色瀑布终于掉到地上了——看见这样，大师的心上禁不住又一次起了笑影。之后，大师把心思转向哪里，眼前便清晰地出现那儿的各种画面，如果大师看过电影，大师一定会想：这是心里的电影呢。大师在自在和有些得意的心境里结束了这次禅修。不久，大师回了一次村庄，他了解到那一天的场景都是真实发生过的。当村庄和河谷里的人来打卦问卜时，大师只要入定片刻，就能预见到所有的事情，有时，别人还没有开口，他已经知晓了别人的心思。河谷人在惊诧中意识到大师已经有了成就和觉悟。大师再次回到神山，继续禅定修持。

　　这一次，更神奇的景象接二连三地呈现出来。有时，他觉得自己到了铜色的净土，看见了莲花生大师，有时，又预见了国家里将要发生的种种大事。更难以扼制的是：大师感到自己能够穿过石壁，能够如履平地地过河，甚至自己完全能够像鸟一样飞翔了。大师的心在不知不觉间嘟嘟嘟地变大了，变得开阔无垠了，膨胀得可以挽山揽月了。大师终于急匆匆地步出禅定之境，来到洞口，然后，用手抓住了一棵长在岩石上的青冈树，噌噌噌举步向陡峭的岩壁走去。这时，整个天空俯首望着他，大师的内心充满了自在和超然之感，大师甩手而行，像是走在平地上，而且，双脚踏过之地的石头都深深地凹了进去——这在俗人看来是成就的大神通呢。许多所谓的活佛在浊世里都难以做到，而我却轻易地做到了。大师走到崖顶时骄傲地想到。这时，天崩地裂般的战栗突然掠过全身，大师觉得身上的奇异能量像是被谁抽走了一般，瞬间消失殆尽了，大师还没有来得及祈祷，自己便从崖顶坠落下去……

仁真大师那一天的禅定非常圆满。大师吃着晚餐时，内心还有些沾沾自喜。这时，他的哥哥牵着家里那匹白色老马出现在修行屋前。大师大感意外。哥哥抱着大师失声恸哭。大师让哥哥坐下来说，原来是母亲病重，哥哥是来接大师回去的。大师为母亲打了一卦，卦相十分吉祥。大师请哥哥放心，说母亲一点大碍都没有。听到此，哥哥痛哭流涕地指责弟弟没有孝心，母亲病重，而且让他专程来接他都不回去，这哪像一个儿子，更不要说是修行之人。哥哥气愤地骂弟弟不像一个人人称颂的大喇嘛，责问他的心是不是用石头做的。仁真大师耐心地解释说，卦象很吉祥，母亲的身体很好，能不能让他修完此次再下山，十一年的修行再有三天就圆满了，如果他提前出关那就相当于半途而废了。然而，哥哥却不管那些，他要大师无论如何明天就跟他下山，他哭着说：如果阿妈这三天里死了，你还能找回来吗？是阿妈要见你最后一面啊！哥哥死缠烂磨，大师终于答应了哥哥的要求。喇嘛在心里也责问自己是不是太自私了，太过于执著个人的成就了。啊，我的悲心去了哪里？我还像个大乘佛教徒吗？当夜，两人叙谈至深夜。第二天，大师带上一捆经书，跟随哥哥来到洞外，哥哥已经给白马上鞍铺垫了，见弟弟来了，要上路了，哥哥显得十分高兴。大师一边走一边又为自己的功亏一篑感到可惜。他埋头而行，突然看见哥哥的胶鞋帮上粘着几缕兽毛。大师想到：哥哥窜到哪个兽窝里去了呢？又想：善良而胆小的哥哥如果遇到猛兽不知道害怕成什么样子啊？这时，哥哥笑吟吟地说：请大师上马吧。白马牵到跟前了。大师犹豫了片刻，然后，抬起右腿，把脚掌伸进马镫里，正要起身，大师心里想：啊，上师说过让我无论如何都不能提前出关，我怎么能违背上师的教诲呢?！便把脚收缩回来。这时，哥哥和白马瞬时从眼前消失了。

大师终于明白自己成功地躲过了魔障的可怕引诱，若不是上师加持和护佑，说不定自己已被魔王带走了呢。大师感到庆幸。大师又平静地回到洞里，开始禅修⋯⋯

邓朱大师三天以后死了。大师临死前对巴登和僧众说：在禅修中，要特别警惕各种魔障的诱惑啊！成佛成魔有时全在自己的一念之间。自心是佛，又是魔王盘踞的深宫⋯⋯说完，双眼凝视虚空，安详地坐化圆寂了。

布鲁曼逸闻

　　见白玛登灯押了上来，布鲁曼哈哈大笑着走了过去，他说："啊，我的活佛，你不是法力高深吗，怎么像一个听话的孩子说来就来了呢？"喇嘛恭顺着眼，平静地望着被兵士们簇围的布鲁曼。布鲁曼抬起头，向着天空轮转双眼，仿佛所有的一切都踩踏在他的脚下，天上地下都是他囊中之物似的，然后，俯视着双足，对喇嘛说："你知道吗？不会念经的扎巴与哑巴没有区别，没有神通的活佛还不如去死！"白玛登灯平视那只独眼，那红眼中射出可怕的红光，在眼睛深处似乎燃着一簇簇火焰，那油黑的脸变得更阴郁了："今天，如果你不能当着我的菜籽一样多的兵士显一显你活佛的神通，我就把你的脑袋留下来。"说完这番威胁的话后，布鲁曼转身扬长而去，水流般的兵丁们哗哗地流成两半水浪，自动为他让出一条道，走到草甸上时，早已有人为他铺上了卡垫。喇嘛的神色依然，似乎内心的安宁丝毫也没有被人搅扰过。喇嘛知道所有的目光都聚注在自己身上，都在眼巴巴地望着自己的举动。

　　白玛登灯喇嘛口中念念有词，突然，像是有了一股风，或者喇嘛像风一样变得轻盈自在了，只见喇嘛随手抓起一根木棍，噌噌噌地向着陡峭的崖壁攀登而去，众人的目光像头顶的云彩般飘浮而上，当脑袋也变得晕乎时，喇嘛把手一挥，一击，木棒长到岩石上去了，在众人目瞪口呆的神色中，喇嘛又如履平地般自在地下到地面来了。嘀嘀……布鲁曼的队伍里引起了一阵骚动。布鲁曼独眼的凶光一扫，一切又恢复了平静，除了风声和远处的鸟鸣，来自兵丁的声音顿时消失了。

喇嘛抬起双眼，向独眼首领看去，眼神柔软得像湖水一般，温情得像久违的彩虹呢。布鲁曼在坐垫上像被针刺了似的，突然摇头晃脑起来。他想站起身，却觉得思维混乱，难以自主，张开口，却没有发出声音。喇嘛的嘴边掠过一丝云影般的笑意，似乎在向他说："既然你没有话，那我就走了哦。"喇嘛转过身，拨开刺树，走到正路上，手里的佛珠捻动起来，嘴里念诵着经文，喇嘛旁若无人地穿过布鲁曼的队伍，向着北方走去。很多人因为亲眼看见了神通，见了喇嘛脱帽顶礼，有人见喇嘛走近，跳到路坎下为喇嘛让道，有人显得慌乱无措。当喇嘛要越过土包时，身后这才响起布鲁曼像熊一般的吼声："白玛登灯，我记着你，下次我还要看你显啥神通，如果你没有本事，我照样会杀了你！"喇嘛头也没回消失在林中小道尽头了。这时，一只小鸟不识时务地飞到众人头上，而且喳喳欢叫。布鲁曼举枪而射，鸟倏然一惊，一扑棱，子弹擦过了翅膀，叫声消隐，布鲁曼的声音却粗暴响亮："给我打下来！"在此起彼伏的响声过后，已飞到林梢的鸟儿噗噗地扇了几下双翅，便坠落下来……

布鲁曼收兵回营。回到官寨，他命令军官派人昼夜守住官寨四周，不得有任何飞鸟经过他的头顶和上空，只要有都给打下来。他喘着气说："今天，一只小小鸟儿都敢来嘲笑，我要告诉人们，告诉其他生灵，只要是我不答应不高兴，任谁都别想有好日子过。"

传说，布鲁曼恶毒的气息弥漫在官寨上空，从那以后，真的再也没有任何飞鸟飞临官寨上空了，直到今天，那位把一根铁索挽成疙瘩名闻天下者的后人说，那里飞鸟绝迹。

　　白玛登灯在路上想："是呀，你怎么能不认识我呢？是我让你睁开了魔眼，从此让你祸害人间了。"喇嘛长叹一口气，又想，"或许，这是业力之故吧。"

　　风呼呼地掀动树林，震天动地地流动起来。喇嘛加快脚步，向雄龙西神山走去……

　　传说，当白玛登灯看见全然没有眼睛的婴儿被母亲抱上前来时，突然悲心大发：多么可怜，好不容易投上一次胎，还是这样残疾，没有眼睛怎么过活？那得在黑暗中过上一生啊。喇嘛没有料到魔障遮蔽了自己的灵智。他喃喃祈祷，又对着婴儿脸上吹了三口气后，用右手从鼻子向上摩挲——加持之力源源不断地流注到手上去了，当手掌滑行到婴儿额头时，婴儿的眼睛大而可怕地睁开了。一束红光闪电般射出，然后，悚然消失了，喇嘛的手颤抖着，内心惊悚，喇嘛想把手顺势滑下合上魔眼时，母亲把婴儿抽走了。喇嘛突然意识到自己为一个转世而来的魔头开眼开光了，愧悔之情涌上心头，可是，事已至此，魔头的机缘转眼间已经成熟。喇嘛对布鲁曼的母亲说："你要管束好孩子啊！"喇嘛知道这叮嘱是无力无用的。母亲听了感动涟涟，连声说："啦嗦啦嗦！"心想：尊敬的活佛，是你给了我儿子一双眼睛啊，不然，木桶般光滑的上半张脸是多么可怖，如果那样，儿子在人世一天都活不下去啊。

　　布鲁曼的势力如日中天，他袭扰炉霍土司，占领大盖土司领地，灭掉热鲁土司，赶走德格土司，与清军两次对抗，占领甘孜土司全境，长途奔袭理塘和康定明正土司……当西藏噶厦政府收到装有菜籽、牛屎和针的信件时，布鲁曼的名声已经像乌云一般遮盖了天空，像风声一样传布于天地之间了。战战兢兢之后，四面的敌人和所有的势力已经汇成巨大的冰雹般的肃杀之气，向新龙方向压境而来。此时，布鲁曼的名言"印度王子是人，清皇帝是人，新龙的我也是人"，连三岁的小孩子都会说了，他的"娱乐"也进入了癫狂：喝了满腹奶水的婴儿从高高的官寨上抛坠，在院里的石板上轰然爆响，奶汁飞溅，脑花冲天，而布鲁曼在房顶拍手而笑；当一批婴儿被兵士举过头顶砸向雅砻河面，当人体与河面撞击起水花，发出刺耳的击打声时，他感到了恶毒的快感。许多家庭趁夜逃走，更多的家庭把孩子送给活佛和将军的亲戚们。有两个喇嘛关不了自己的嘴门，愤愤地说："布鲁曼的先人是神的后裔，现在的他却堕落成魔头了。"当这话传到布鲁曼的耳朵后，布鲁曼狠狠地说："世上还有人敢叫我瞎娃娃？还说我是魔头？好吧，看看我是魔头还是护法神。"第二天，两个喇嘛家族的人从人间悄然蒸发了，两个喇嘛的尸体漂在河上，无人敢去收尸。曾预言布鲁曼是护法神化身的修行喇嘛走出山洞时，布鲁曼早已等候在外面，他让自己的三大寺僧众吹号熏香，隆重迎请喇嘛到自己的官寨，还让喇嘛亲自教授自己家族的儿孙，他自己也脱胎换骨，右手摇转经筒，左手捻起佛珠，嘴里念起经文来。人们在暗暗地庆幸着。可是官寨上空仍然没有鸟儿敢从那儿欢快地飞过，即便在夜色的掩护下，也不敢轻易冒险。传说一只老鹰大意地飞到那儿，猛见官寨时，突然像人一样吓掉了魂儿，扑啦啦坠地而亡，似乎飞禽比人类更加聪明和机警。他还跟喇嘛修哑巴经，饿得肚子难受，眼睛昏花，嘴里却不能大发雷霆。七天的哑巴经结束之后，他终于教训喇嘛道："以后再也不准念这种不吃饭的经了，我饿，你也肯定饿，像你这种让自己的嘴巴和肚子难受的修行，是自讨苦吃，你是个对人对己都有害的烂喇嘛。"喇嘛嘿嘿而笑。对

189

于修行人的无惧，布鲁曼最为反感。喇嘛并不知道此刻白玛登灯已经被丢进虫蛇洞了。布鲁曼强迫喇嘛举行供养护法神的大法会，他就是要当个护法神的化身呢，那样自己就归入比人界高的神灵界，这对那些难以教化且对喇嘛活佛从骨血里顶礼膜拜的愚昧的黑头藏人来说，是十分有用的。全河谷的人来了，柴薪堆得像山一样，帐篷撑开像是一片缤纷的海洋，各种食物一袋袋驮来，五百多头牦牛被宰杀了，数百个僧人齐声念经，夜晚俗人们载歌载舞，喝酒吃肉，醉了寻欢作乐疯狂喧哗，通宵达旦。布鲁曼看见这样圆满疯狂，便高兴得脸色越发黑亮了，身材更加矮粗，声音也变嘶哑了。这时候，对逼到眼下的浩荡蹄声浑然不觉。他不知道自己的天空已经倾斜了……

当黑暗中的虫洞打开时，众人都惊呼起来。有人跑步去向布鲁曼汇报。布鲁曼听到的不是森森白骨的信息，而是喇嘛安然地跏趺而坐，蛇、蝎子、蚂蚁，所有的虫子都安静地围聚在喇嘛身边，仿佛被某种安详的声音迷住了。布鲁曼再次感到怒火中烧：为什么我护法神没有神通，他却拥有？我要把他炼成一锅油脂！熊熊的火焰升腾得舔天吞月，村里人看着燃了七天七夜的火，悄悄诅咒：啊，这魔鬼的火，这带毒的火。像小山一样的青冈木柴烧光了，当兵士们用撬棒把大锅倾倒时，只见喇嘛以修行的坐姿安静地坐在里面，身心毫无损伤。当布鲁曼依旧趾高气扬地走下台阶时，喇嘛腾空飞了起来，安然地落座到官寨前的草坪上。布鲁曼第一次显出大惊失色之态，他慌乱地退后几步，这才镇定了神色。这时，官寨里拥起黑压压的人群。人们无忌无畏地对喇嘛磕头不止……

布鲁曼对卫队命令道："让他即刻滚蛋！"自己转身回了官寨。他已经感受到民众的热望了。如果自己还对这位刚强难服的活佛再施酷刑，那将失去所有的民心了。

他觉得胸中堵塞得难受。他无法理解自己竟然战胜不了无声的柔弱的东西。这算是遇上哪门邪神了?!啊,我英勇一世,却被从不反抗的一个喇嘛弄得有力无处使。嘀嘀,嘀嘀嘀……

此时,清脆而密集的枪声远远地传来,布鲁曼的身子不由自主地一颤……

传说,几年的奋战之后,布鲁曼已经是七十岁的老头了。清军和噶厦联军最终将布鲁曼密层层地包围在官寨里。派出去谈判的儿子和女婿被捕了,儿子被押解到窗下时,对父亲喊道:"阿爸,我已落到这样地步,你看见了,你该怎么办,由你自己拿主意吧。"当晚,官寨里燃起熊熊大火,女婿见了说:"财物不与敌人,饮食不给魔鬼,这遂我心了。"两声枪响,儿子和女婿倒下了。这时,官寨里外响起了密集的枪声……

传说,当官寨里的立柱横木都轰轰然倒下时,似乎整个大地都在吼叫中呜呜地战栗起来,仿佛有一条巨猛之兽剖开大地,轰隆隆钻到地心里去了……

清军和藏军在废墟上核查尸体时,没有见到贡布朗结——这是布鲁曼的真实名字——和妻儿的遗骸。

传说,白玛登灯活佛对侍从说,布鲁曼轰轰烈烈地堕到地狱里去了。刚说完,大地再一次颤抖起来,一股白色的烟雾腾空而起,到了半空,向着北方飘荡而去。白玛登灯惊讶地说:噫,他转生为一个牧人了!

看着侍从忧郁不解的神色,喇嘛说:放心,他已经不会再祸害人间了。

又传说,若干年以后,有人在北方的牧场上,看见一位年轻的牧人一边放牧,一边嘴不停地念诵着经文。

微生命

　　一只粉尘大小的虫子 ——肉眼下它几乎可以忽略不计 ——爬到我的裤脚上，我把中指的指甲勾压到大拇指下，然后，轻轻地，将指甲弹向小虫子，只见小小的虫子在裤子上留下一抹若有若无的痕迹，消隐了，或者说死亡了 ……我的本意是想将它弹飞，哪知道它这样不经打击 ……我心里涌起一股痛楚：在上天看来，或者在宇宙中，我们人类也如粉尘般脆弱而细微，甚至都没有虫子大吧？如果，"他"也那么弹、揉一下，我们也会很快变得无影无踪罢?! 像这小虫子，甚至连肉躯的痕迹都难以留下。

　　我受过菩提心戒，无意间已经犯了杀生之戒。我在内心忏悔，并为它念诵观音心咒、百字咒、莲花生心咒，希望它小小的灵魂得以听闻佛号而得到超度。

　　沾着生命血迹的裤子，在我身上变得异常沉重起来。

戒　酒

我痛下决心戒了半年的白酒。

这一天却犯了戒。几个朋友聚在一起，一坐下来我便声明我已经戒了白酒，再也不能喝了。朋友给我拿来了饮料。不知道是怎么回事，喝着喝着，突然发现自己已经醉了，而且正说着酒话。当我意识到自己不经意间犯了戒时，内心愧悔得自觉难容于天地。

怎么办？才戒两三天就犯了戒？还有忏悔之路吗？呜呜，我痛苦得想号啕大哭。

再也没有回头之路了。我把伟大的上师杀了！我活该堕入金刚地狱！

我无限悔恨地从酒桌边站起来 ……阳光将垂帘映照成一片金黄色，窗外，从大街上传来垃圾车装运垃圾而上下拖动铁桶的轰轰之声。

原来是一场有惊无险的犯戒之梦。恐惧之水从身上缓缓退去……

我告诫自己：守住心灵的欲望！

另一个

　　那次岭国最大的战役之后，所有的将领都走散了。我看见自己骑着那匹汗水淋漓的骏马出现在敞开的谷口。一条河水缓缓地从林边的草滩间流过，坐骑俯头喝水，我使劲扯动缰绳和铁嚼子，但它实在太饥渴了，于是，我任耳边响起敌人迫近的声音，让它喝够了，再从河里驰骋而过。当我穿过密林，攀上一座小山冈之后，便看见遥远的村落。此时，黄昏的最后一束光芒从我头顶消散而去，我抬起疲惫的脸凝望天空，西边的天际上绚烂开放的彩霞也正慢慢淡去，我抖腿扬鞭，坐骑喷鼻一溜小跑，我没入一片杂林中……

　　我看见自己的装束是：头戴头盔，身披铁甲，右手举着一支长矛，弯弓斜挎在肩头，侧背的箭囊里还插着几支箭。

　　当我攀上纳西高大的土碉楼时，风变得像哗哗的河水，足以将人卷走。我走到碉沿口，望见民房十分矮小，周围的田地干旱焦渴，几棵高大的枯树上歇着几只老鸦，呱呱呱叫着。当我望向脚底，我的头开始眩晕起来。我这才知道自己有恐高症。

　　更多的时候，我走在神山之路上，走在陌生的城市里，以及求学的漫漫之路……

194

而今我坐在所谓另一个新世纪的头几年里，在一座因为一首情歌而被人知晓的小城，眼前晃动着九本书的模糊面孔，那或许是早就有的，或者是将来注定要书写的历史或记忆之册罢？

　　……

　　世间之水流逝得太远太快了，我记忆里的影像总是时淡时浓，有时许多的画面重叠出现，有时却完全一片空白，我分不清楚哪些是真哪些是假哪些是梦哪些是虚构哪些是往昔哪些是未来 ……

　　我也分不清那另一个是我，还是我是另一个？或者"我"是我？镜子里的人是我，还是镜子外面的人才是我？抑或二者本质上一致，只是面目不同？

　　所有的一切都会消亡。消亡后再以另一种方式留存下来？

　　那位圣僧曾对我说：生命或者说心灵的相续是不可思议的，你既然不在忘川中，那便处在复活的春天里。

　　万物欣欣向荣。现实中的我正慢慢老去 ……

圣　僧

　　俗人认为我在虚耗此生，我的一切都不过是一场彻头彻尾的迷信。

　　他们不明白：我的持戒我的菩提心，我听闻佛法修行并传法的所作所为，点点滴滴地改变着世界……

　　因为看不见，他们成了盲人。

　　因为对科学的盲从，他们自己正蜕变成"物质"。

　　因为爱似海，我将成为度人彼岸者。

　　因为登上彼岸，我终将解脱轮回苦海。

欲　望

当刀剑封住嘴巴，火枪便开口说话了。

当刀剑隐藏于村庄，火枪便驻扎进城市了。

扎西举起手枪，当冰冷的枪口抵在太阳穴时，他的心旌颤动了一下。他猛然闭上眼睛，那昏暗的黑夜又一次呛人地弥漫到心口上。他想不明白妻子怎么会如此巧合，他俩一拉上电灯开关线，就来到了床边。他与拉姆的偷情之事，妻子早就察觉还是一切都是巧遇？他在枪口面前，还能听到妻子撕心裂肺的吼叫，看见县委门口越拥越多的人们。他，一个书记的狼狈之状，是多么可笑。他无法想象全县的人嘀嘀咕咕的嘴脸：听说了吗？扎西与裁缝拉姆竟然是情人呢。嘿嘿，堂堂书记，臊光了脸皮。还好意思活在世上？表面上风风光光的……

钢管手枪的欲望变得滚烫起来了。寂寞岁月跟着就要结束了。

当燃灯抠响小口径步枪，子弹射向来到门口的阿木时，阿木大叫一声倒了下去。此时，燃灯的情人卓玛在恐惧中，高声呼唤："救命，救命呀，杀人了！"燃灯眼喷红光，把枪口对准了卓玛。卓玛瞪着大大的眼睛，瘫软在面前了。燃灯喃喃地说："我得不到的女人，谁也别想得到。"他异常冷漠地走到卓玛前，俯身探视她的鼻息，当他觉得卓玛已经死去时，嘴角飞过一丝诡异的笑意。当他听到城郊的村人攀上木梯的声音接踵而来时，他用右脚的大拇指抠动了扳机。他在感到血肉像花一般爆裂时，眼前显现出自己并不喜欢的妻子的面孔。他在心底说："对不起了。"然后，黑暗浓浓地罩覆上来。一切都在眼前匆忙消隐了。

那年年底，这两桩枪火之事成为故乡最大的新闻和谈资。

当枪口渐渐冷却时，时光又步入了恒常的轨道。

枪弹再次变得缄默了。但猩红的嘴巴，还在回味着美味的悠长。

钢枪猜度：什么人又会再次唤醒我沉睡的欲望呢？红红的焰火，浓郁的硝烟味，还有那可以猝然击灭的生命——是多么可口的食粮哟！

神与梦

当神令阴鸷的蛇用肚腹爬行之后，她或他也从我的梦里消失了。

我苦盼了几个世纪，他（就用"他"字替代吧，西方的上帝造人时，是依照自己的形象来的。虽然并不知道指挥我梦的是男神还是女神）始终不再降临，这使我尘世的生活变得寡淡无味。我觉得生活失去了灵性，没有了诗情画意。当神秘之影从日常的岁月中完全消失之后，我首先想到了自杀。可是，当我眼前出现一把极欲饮血之箭时，我的右手恐惧地颤抖起来。看见它如此不争气，我只好自嘲地哈哈大笑。然而，从此以后，我因为没有了与神灵的交接，便只好向着世俗投降，蜕变成一个无比庸碌俗气之人。几年之后，我已经攀到了此生"极权"与"极金"的巅峰。此时，我将神与神梦彻底放弃了。

这一夜，许多人争相送我回家 ——酒液早把我的五脏六腑满盈了，部下的身影在我眼里全乱了套，分不清他们谁是谁，分不清他们是活人还是鬼魅 ——我大声地诅咒神灵，谴责他的背信弃义。最后，我吼叫着吓唬他："如果，你今天晚上胆敢再次出现在我的梦中，我一定将你 ……"后面的声音变成了咕噜咕噜的呢喃，并且越来越低。家门到了。

那一夜，我的神如期降临。我微笑着从梦中醒来。生活又一次变得缤纷无限。

第二天，当我在办公室里再次对着下属威风凛凛时，一行人突然出现了。

罪证俱实，并且声像并茂 ——我像掉进了一个早已预谋的陷阱，不久之后，头上的乌纱帽应声坠地。

值得庆幸的是：我保住了饭碗。是那模糊的半截呢喃之语使我从危机四伏的险情中得以逃脱。否则，后果不堪设想。

我又开始了漫长的精神之旅，像一个焦渴之人，守候每夜的梦境，苦待神示梵音 ⋯⋯

母亲曾说，她梦见自己怀孕，双胞胎兄弟还没有降生就在肚子里吵架开来。母亲说两人在争夺国土呢。

今天，我拱手将自己的所有版图都让给了神灵与梦影（不管是自己的梦还是神之梦）。

空　性

　　空性之水从头顶浇泻而下，清凌凌，纯净净，空茫茫，像雪地，一片寂静，像太阳，暖融融，一切皆有，一切皆无，如同虚空，似那宇宙！

　　尘风俗雨戛然而止；

　　名利虚荣淡漠如沙；

　　亲情人伦遥遥远去；

　　飞鸟、大地、河流都化成旋律；

　　城市、道路、村寨幻成天梯；

　　微尘、花朵、甘露独绽成世界。

　　啊啊，嚯嚯，空性，一切都是空性！

　　我的雪域空性，人间空性，大地空性，连我此刻的声音空性，连我留下的文字空性。空性的光芒胜过太阳！

　　我的家宅空性，我的亲人空性，我的身躯空性，我的思维与血肉空性，连空性都是空性，连空性的空性都是空性。空性的明耀赛过月亮！

　　啊啊，嚯嚯，空性，我终于抵达了空性的真理！

　　空性，空性，一切皆空皆有，空性像浩瀚的宇宙，把日月星辰连缀在无垠的长帘上 ⋯⋯

我是微尘，是大地，是花朵，更像一滴最后的水，我要在空性里歌唱空性了。

——这便是我步入不惑之年的隐秘道歌！

酒 与 水

　　躯体里的水突然间掀起急剧的反应，先是反抗，继而被它迷惑，幻入虚幻的舞蹈中，当全身所有的触角枝节都舒展开来时，它们共同腾起火焰，并且熊熊燃烧开来。

　　看啊，夜晚的天空多么明亮耀目，听啊，炯炯的双目是那样狂妄，激情把人生点亮得异常缤纷夺目！

　　在酒水的发酵中，我的脚步轻飘自在；在酒水中横行的我，那样富有诗情画意。这分明是另一个我，一个对人生不屑一顾的男人，一个裸身可行的狂者。

　　当城市的灯火争相流动时，朋友们在酒水中欢畅游戏，像水遇到了鱼，像鱼拥抱了水。在酒与水的分界线上，人生模糊起来，在酒与岁月之间，苦难、苦恼和世俗都化成了烟雾，从身边缥缈流逝。

　　酒与水的晃荡使往昔岁月碧波荡漾起来了。思想放肆，开始凌厉的攻击。是的，黑夜依然。然而，倍增的勇气真有点指点江山的味道了。

　　于是，我们的眼光瞬间变得明亮，我们的目标如此清晰，像一个遥远的天堂，自此，我们越过了世俗的世界，抵达到力量的道路上了!

酒与水，水与酒，本是一家，如今走到了一起；

苦难与人生，本是一家，从此和睦相携了。

在灯光中，透过酒液荡漾的恋曲，我终于像一个脱俗之人了；

在功名和利益得失之间，我又像一个理智之人，短暂地告别蒙昧与无明了。

我不明白的是：天亮时，为何深醉宿夜之人，一下子蜕变成原来之人？厚实的面具与斤斤计较的目光昭然若揭!

一个梦的片断

　　将他带离之前，他提出对手下人要处理。

　　见答应了，我将下人们带到帐篷里。他令他们随意而站。他拿出一个纸箱，再在上面铺上一层布皮。帐外的阳光射到谁的前面，谁就得死。他凶狠地说。

　　斜线的光芒落到唯一的女人的脚前了。

　　他在女人煞白的脸色前可恶地笑起来。

　　像是谁都需要找到一个平衡点，或者说，有一个替死鬼和陪葬的人才能心安理得呢。

　　敌手处死他，那他也要处死一个下人。

　　我们的善心开始揪紧了。

　　当所有人觉得无望时，阳光偏斜到另一方去了。是小个子的阿绒最先发现的，他高兴地叫道：看，看，光不在那儿了。

　　大家弓身去看，发现那束光落到纸箱角落边的一摊水渍里了。也不知道从什么时候那儿涌出了一汪水，并浸漫到了纸箱。

　　很多人的脸上出现了解脱的神色。

遗　产

　　儿子突然从床上坐起，再走下床铺，眼睛也不睁，径直向门口走去。妻子惊呼：你看你看，他要到哪里去？醒都没有醒呢。说着，下床拽回儿子。我止住她，说：你不用担心，好好看看。妻子紧张地说：眯着眼睛，万一出去了。此刻，完全眯着眼的儿子，穿过厨房，趔向客厅。妻子说：还不跟着，如果……我低声警告她：不要叫醒，那样不好。妻子仍蠢蠢欲动。我心里也像经历了好长时间，有些紧张起来：如果，不是像我那样……小时候，我时常听母亲说，我在梦中趁大家都睡着，起身到灶塘边，弓下腰烧火，等火生起来了，拿着瓢儿到水缸边，从铜缸里舀水，倒进灶口的锅里。当烟熏得母亲醒过来时，见我正埋头烧火，便大声唤我：你在干什么？还不快去睡觉！我答应到：哟，我是睡着。母亲又吼：你睡呀。我朗声道：我睡。手的动作仍未停下来，柴木塞进灶孔，还鼓起腮帮吹火。母亲披衣而起，见我紧闭着双眼，这才明白我原来是在梦游。妻子正欲起身，儿子手上拿着一本书，从原路返回，踏上床铺，脚一伸身子向后一倒，睡下了。左手仍攥着那本书。

　　妻子长舒了一口气：吓死我了。

我咯咯地笑起来。

亏你还笑得出来，我心脏还怦怦不止。

遗产，这是我留给儿子的遗产。

妻子忍不住笑起来：你呀，能有啥好遗传的！

最惊心的梦游者，在村里，要数降降。他竟然下梯开门出走，穿过村庄，经过田地，走到河边，当他的双脚蹚进冰凉的河水时，这才醒过来。此刻，恐惧如同水流，从头顶浇泻而下，渗透到五脏六腑。最惨的是阿布，他光着身攀上楼顶，沿着房沿而行，被上楼取器具的邻居看见，好心地大声唤叫，阿布突然惊醒，从楼顶坠身而亡。

妻子恍惚着表情疑问道：梦是多么奇怪，它到底是啥呀？

我说：记忆，时间的记忆，前生往世的，还有未来的。不过，谁知道呢？！

我思忖道：梦或许算得上是"造物"送给人类的最好礼物呢，不然，人生是多么苍白而乏味！

当我长到十五岁时，梦游便结束了。同时结束的还有我的梦。梦从我的世界中彻底消失了。直到昨天，我已经完全放弃了对梦的奢望，就像对人生，再也没有了瑰丽的梦想。

我梦见：白登活佛站在我的手掌上，我伸展双臂在天空中自由飞翔……当我很不甘心地落在地上时，这才醒了过来。

我的内心被巨大的甜蜜之感充盈——虽然我无法揣测，梦会不会再次在我夜晚的睡眠世界里降生、成长，但是，我已经有了新的期待。

惧

　　在楼顶的阳光篷里，树木与花朵营造出蓬勃的绿意 ——像那些假面的美人，若不是细心留意，倒也看不出名堂来。

　　雨水落在篷顶的声响激烈而密集，不久，我看到雨帘垂布于窗外，密密缀织。这时，一只灰雀飞到楼檐下的接水管上，它唧唧一叫，再斜身一滑，转眼间消失了。我猜测它在那儿筑有巢穴。我将目光从雨水中收回。一只灰雀竟飞到篷里来了，唧，一声脆鸣。它的嗓音亮丽呢。我凝目望着它。只见它将嘴巴一伸：一只黑点长脚的虫子爬行在眼前，它刚要用尖喙一啄，背后突然响起了巨大的声音 ——茶楼的服务员用遥控器打开了电视机 ——灰雀展翅飞离，它停在顶梁上回头望来，眼神多有不甘。长脚的虫子也因为感到逼近的危险，此刻仍静静地伏到地上，动也不敢动。人的声响越发地混响而激烈。可是，人影在哪儿呢？它只好飞出篷门。

　　那只虫子还是一动不动地趴着。

　　电视里那个帅男人深情地看着醉卧在床上的女人。他的脸上浮起得意的微笑。他突然扯下领带，脱掉衣服，再把女人的衣裳一层层剥开，伏身而上。

房子外，一个男人不断地打着无法接通的电话，神情显得焦虑不安。

那虫子还是一动不动。行人的脚步不时从它头顶掠过。

那女人唤着某个男人的名字醒了过来，裸身的她一见到那男人便张大嘴巴惊叫而起。男人用手捂住了女人尖叫的嘴巴。屋外的男人似乎也听到了惊呼，身子摇动了一下，他又拨打电话，脸上仍露出失望的表情，他终于转身走开了。

女人在哭泣在咒骂。男人得意而可恶地笑着。

那只灰雀再次飞临到电视机上空的顶架上，它侧耳倾听了片刻，听到女人的怒吼，便再次惊惧地飞走。

那只虫子开始小心地挪动。

雨水打在篷顶上，像是交响乐，哗哗啦啦，甚是浓烈。

我相约喝茶的朋友来了……

电视的频道不知何时已经被人切换了。另外一些人物正活跃在屏幕上。

当我想到那只可怜的虫子时，伸头朝那儿瞅去：虫子已经消失了！

心　影

天像被掀了盖子，雨水无尽地往大地上倾泻。

我的心却像冬眠的蛇一般开始苏醒过来。并且，感到了恐惧。

当岁月像脸上的纹路攀爬到第四十个年头，我的人生突然间变得慌张起来。我再也不敢睡懒觉了，或者说再也睡不着了，每天清晨，我早早醒来，一醒便再也无法睡回笼觉了。一夜之间，我变成了一个不明不白的人。焦头烂额，恍惚幽荡，如同魂魄出现了亏欠，如同一个小偷驻到心上了。

梦中不断地变换地方，梦的影像多如牛毛，又乱七八糟。比如，昨夜，当打入我方内部的间谍被暴露 ——当长官大发雷霆时，他自己的身份突然间也变得可疑起来，长官吼道："你为何还守在这里？都三天三夜了。我没告诉你让你回去吗？"他说，我马上就走。身子立刻矮了半截。但是长官让部下调查此人的身份。就这样，他仓皇逃走。他果然是个间谍 ——我害怕他首先报复我，于是，我也开始逃窜。逃到路边，我得到的消息是：校门口向右走百米，再向左拐，你会遇到一个接应者，或者，那儿有一个地洞。我灵机一动，转身就走。果然，按那线路左拐到约定地点时，我发现一个地洞。我毫不犹豫地跳了进去。一个曲里拐弯的地道赫然出现在脚下，我脚步轻快地沿着地道飞奔。终于，我进到一个地下的屋子里。我松了一口长气。关上大门，躲藏在屋角。我希望自己已经逃过了追杀。但是，内心的隐忧依然。毕竟我冒充的是间谍身份。半夜，我听到屋外人声鼎沸，人们纷纷在逃离。我侧耳一听，明白间谍来了，但他的同伙怀疑他才是真正的敌人，便把他当成敌人来追杀。当他回头寻找我时，我已经在人群中消失了。我像一只老鼠，从一间屋子转移到另一间屋子，从黑夜躲藏到白昼。直到我的两个弟弟到来，我内心的恐惧才悄悄退潮。我不记得自己是如何回到地面来的。但是在某个阶段，我全身糊满了人屎。当黎明冲破黑夜，昨天离去的太阳再次莅临时，我的躯壳像那太阳再次回升到白昼了。梦影消失。像风一样，踪迹点滴难寻。

生活的嘈杂之声汹涌而来。我迎面向着生活走去。脸上挂满了疲惫之色。

但是，我还在等待，像一个傻瓜。从上午到下午，从下午到晚上，当梦里子虚乌有的兆示难以兑现时，我向妻子讲述了我的期待。她大笑我迷信。可是，电话从遥远的乡下打来。那个可怜的表兄说他儿子的手机欠费了，请我充值两百元。我等着进账，等来的却是支付钱财。

心影憧憧。难以琢磨的信息，仍丝丝缕缕透过无数的缝隙，像雨水漂浮于天地间，滴答在我日渐脆弱的心空之上。

秘　情

　　那一天，卓玛请钦则活佛为父亲念经祈福。钦则让我陪着去医院。在路上，他一再叮嘱我，让我千万不要笑话他。卓玛拿着哈达早已等在门口。看见活佛，埋头举手，将哈达呈献给活佛。活佛接过哈达，身边的侍从从活佛手上再接过去，收了起来。卓玛的眼光始终在躲闪，偶尔有亮光从眼底一闪而过。活佛一派镇静，当他向我瞥来时，我把眼光瞅到别处，让不断向上涌溢的笑意浅浅地从嘴角飞走。

　　卓玛的父亲倚在床头，见活佛进来，双手合十，嘴里不断地说着"交松且"。卓玛也躬着腰手拢裙裾，神情虔诚，满脸恭敬。我的眼光在两人身上扫来描去，察言并观色。钦则活佛给老人摩顶，并让侍从从包里取出熏香药末，赐甘露丸，交代如何用法。老人十分感动，不断地说着感谢的话。之后，活佛站在床边念诵卓玛祈求的平安经、消灾经。活佛微闭双眼，蹙额皱眉，浑厚的声音中经文流淌开来。此时，老人深闭着眼睛。我看见双手合十，躬腰站在房角的卓玛趁活佛专心念诵时，双目深情地凝望活佛，然后，突然意识到啥似的，朝我一瞥后，赶紧低下头去。我害怕自己笑出声来，便悄悄地溜到医院走廊上。半个小时之后，我觉

212

得自己已经平复如常了，便推门而进。活佛已诵毕经文，见我笑吟吟地进来，脸变红了。

我和活佛相伴走在路上，他问我："我一再给你说不要笑，可是，你还是没有憋住。"

我说："没有啊。我什么时候笑了？"

"我知道，你溜到走廊上笑去了。"

这时，我无忌地放声大笑。弄得身前身后许多人都回过头来望着我们。

学校毕业时，我问活佛 ——那时他已经被认证为某个著名寺院的活佛，只是还没有坐床 ——人家女孩那样爱你，你怎么办？钦则说，我让她等我五年。五年？我瞪大了眼睛。是啊，五年，钦则的神色十分平静：我知道她等不了五年。如果人家真等了五年，那怎么办？我严肃地问他。钦则说：那就只好跟人家好了。

毕业三年之后，卓玛果然结了婚。或许她觉得与活佛谈恋爱实在是无望而又罪孽深重吧。

也是在毕业的最后一年，我问他对于自己被认证为活佛有无感觉？他承认自己毫无灵性，也不觉得自己有啥超出常人的地方。所以，当他请宁玛派的夏扎大活佛为自己剃度时，首先坦承自己并未感到钦则活佛转世的任何特质，对于转世身份问题请活佛予以明示，只有那样自己才可能安心踏实。活佛给了他明确的开示。但具体是什么样的开示，我不好细问。或许这是天机，只可秘而不宣吧。因为他的前世是个掘藏大师，所以此生他有两种选择。但是，他最终决定终身不娶，做一个清净的比丘。

我与钦则是形影不离的好朋友。日子久了，我不得不深信他是个不一般的人。大多数人你相处越久，发现的缺点越多，而在钦则身上，你总能发现新的优点，而缺点像是消失无踪了。有一件令人惊异的事情值得一提。那天，我俩在街上闲逛，中午，在一间小饭馆里点上几个菜，对喝起啤酒来。酒酣耳热，钦则突然问我："要不要我给你降个天书?"我说："好呀，我巴不得呢。"他让老板取来纸笔，像灵感突现，他洋洋洒洒地伏身写起来。写了满满一页。我仔细一看，真的感到十分惊讶。那"天书"的文笔极为优美，"预言"了将来的种种事情——那些事情在当时尚未出现，而今成了活生生的"现实"。

我带着惊奇而又佩服的眼光看着他，像是第一次发现了另一个他："现在，我真的对你有了些许信服。"

钦则笑道："算了吧，如果你都信服我，那天下人……"

"真的，我说的是真话。"

"别假装正经。呀呀，喝酒。"

我抢过笔头，在"天书"的尾端写下了天书被掘藏出来的经过，好像真有那样一回事似的——当然那是我的虚构之作。吃完饭，我将天书复印了一百份，之后，将天书广为散发。很多寺院见了天书，举行了祈祷法会，有一座著名的印经院还将天书刻成了经版。传奇仍在延续发酵。

某一天，"天书"飘落到某大学教授协绕活佛的手上，活佛翻来覆去地看了半天，最后得出结论说："这不是'天书'，是那位活佛醒悟了。"

"天书"的传奇风波由此宣告结束。

钦则坚定地踏上了佛法之路……

父 亲

跛脚的姐姐打来电话："妹妹，快来，阿爸病重，在医院。"

我没好气地说："我没有阿爸，哪来的阿爸？"

"别这样，妹妹，阿爸病得很重，活不了几天了。你快来看看吧。"

我心底一沉，五味翻涌在胸。我突然有哭泣的冲动。

阿爸！多么陌生的称谓啊。二十五年来，我无数次想象过父亲的模样。然而，那影像朦胧如水中月影，正欲成形，微风掠过，或者一缕云彩拂动，那影像便瞬间消失了。梦里，也时常出现阿爸的身影，或高壮，或干瘦，或恍惚不清。我的男人时常以玩笑而又不无怜悯的口气说："可怜的没有父亲的女人。"当我终于将对父亲的怀想放下，自己有了儿子之后，阿爸却突然出现了。像一个神秘的天降之物。

母亲时常叹息："他可能早就走了吧？不然，也该有个信息了。"

二十五年的等待多么漫长。

我到医院时，两个姐姐都守候在阿爸身边。阿爸枯瘦如柴，眼窝深陷，一头白惨惨的寸发。我静静地甚至冷冷地打量这个陌生的男人。我在他的脸上努力寻找着我曾经想象的阿爸的影子。可是，他是那么老朽而又陌生哟。见我进来，他从枕头上微微抬起头，深深地看着我，像是要把我看透似的。我并不接应那热切的目光，我把头低垂下来。跛脚姐姐扯扯我的衣襟，意思是让我过去喊阿爸。我转过脸去。

阿爸问大姐："她就是梅朵啊？"

见姐姐点头，老人的脸一皱缩，嘴唇翕动着，好半天才发出压抑的声音，几滴混浊的泪水滚出眼眶。

"梅朵！长成 ……大人了。呜，呜，我对不起你呀。"

我的心揪得更紧了。但是，我强迫自己镇定。

我把目光从让人难受的房间瞟到窗外：一些病人缓慢走动，有人陪着，或在独自锻炼；一辆拖拉机上跳下来几个人，他们麻利地把车厢里的人抬下来，急急送了进去；有人拿着装有水果鸡蛋的袋子，向住院部走去 ……人来人往，相聚离散。许多人生戏剧在此无声上演。

我正神思飘浮，大姐一把将我拽了过去。阿爸突然攥紧了我的手。老人哽咽起来，泪水哗哗地淌下来。我低下头时，内心翻江倒海，我的泪水也不由自主地滚出来，稀里哗啦，一点都不争气。我对自己生气起来。这算啥呀？一个男人想抛弃女儿就抛弃女儿，想当父亲就当父亲，哪有这样便宜的事情？我现在工作了，谁也不用靠了，他倒要来当现成的阿爸！我抽出手，转身离开了病房。

在走廊里，我终于为自己为莫名的人生哭泣开来。

跛脚的姐姐左手拄着拐杖，右手扶在膝盖上，一摇一晃地走了过来。

她安静地站在我身边。

待我哭毕，她说阿爸是癌症，活不了几天了，她想把他接到她的裁缝铺服侍。她希望我能够喊他一声"阿爸"，她说阿爸一直为我们为母亲感到歉疚，你就原谅他吧。

父亲从天而降，却又要永远地离开了。命运，多么擅长导演！

再次回到病房时，我见到老人的目光痴呆而绝望，他极快地看过来，然后，将眼光收敛到手上。眼神迷离又似充满了恐惧。趁我不注意，那偷窥过来的目光辣如火光。

我走过去，攥住了老人的手，倚着病床坐了下来。老人像是无法相信，目光如炬，覆盖了女儿的一切，然后，身子急剧地抖动起来。

"阿爸。"

"啊……我的女子！"

老人抖抖瑟瑟地号啕起来。

大姐按老人的要求，打开了第一口箱子，这箱子里装着一对藏毯、一只银碗和一个卡垫，接着打开了第二口箱子，面上放着各种版本红色封面的毛主席语录书，然后是一件军用大衣，大衣下面是一只黄书包，书包下整齐地叠放着一套军服。

老人接过黄书包，双手抖瑟着打开封口。

大姐说，我来打开吧。

老人感激地看着大女子。

我们不知道那书包里到底藏着什么秘密，让老人如此激动。

大姐取出一块叠得整齐的白布。外层的白布打开了，再是另一层白布，第二层白布打开了，还有一层白布。当最后一层白布打开，一张揉皱的黑亮的纸卷出现了。

大姐递到老人手上。老人细心地看着，然后，递给我，说："你看看，一共有多少？"

我接过去一看，从第一页翻阅到最后，人像被雷击火焚般呆愣了：从一角，五角起存，最多的是五元和十元，竟然存了三万一千四百二十五元五角。这是跨越了二十年的全部人生积蓄！

此刻，老人的神色平静而安详。他像安排最后一件最重要的事情，娓娓交代道：

"我的女子们，我对不起你们和你们的母亲，你们母亲不原谅我，不让我回家看一看，这我能理解。即使是我也会这样做的。梅朵，三个女子中，我最对不起的是你。那时你才三个月。对，只有三个月。你的两个姐姐，毕竟我还疼爱过她们。阿爸内心是多么愧疚啊！我这存折上的钱虽然不多，但是我想给你们一点补偿，表示我尽过一点阿爸的责任 ——虽然钱什么也代表不了，也无法补偿父亲欠你们的。梅朵啊，你不要摇头，阿爸是多么高兴啊。你们三个女子中，你现在过得最好。我希望你还是能拿一点，就当阿爸的一点心意。大姐也当了家，并无太多忧虑，只有二女子腿脚不方便，生活最困难，请你们给她多分一点吧，以后你们还要多照顾她。银碗就留给梅朵的儿子，我的孙子吧。爷爷无福照看他了。大衣 ……"

父亲将他的"遗产"一一分割后，脸上露出欣慰的笑。

我们哭过了又笑笑了又哭，陪父亲度过以小时计算的最后岁月。

我们三姐妹还想达成阿爸最后的心愿。

在我们泪水相伴的请求下，守活寡般单身度过二十多年、辛苦养育了三个女子的母亲，终于同意让父亲回家看一看。

由我和大姐扶着，阿爸回到城郊的家里。

他的眼光是那么贪婪，他从屋底看到楼上，从正屋看到经房，一间又一间，一孔又一孔的布局，他在这里摸摸那里闻闻，像要把所有东西都吸进眼里装到心上。唯有母亲，冷漠地站在窗前，一言不发，眼光冷峻而挑剔。阿爸刚进门时，迅速地将母亲上下打量之后，便一直躲避着母亲冷冷的目光。

父亲终于累得气喘吁吁。我和大姐便让父亲坐在灶旁。二姐赶紧生火烧茶。

我扑到母亲的怀中，用双手搂着母亲的脖子，请求母亲坐到灶旁，坐到父亲的身边来。

母亲终于坐到父亲旁边的垫子上来了。父亲呜呜地哭起来：

"呜，呜呜……我不曾祈求过你的谅解。阿拥啊，你能够坐到我身边来，我已经是多么高兴啊！呜……"

母亲的泪水也无声地流淌下来。

大家正喝着茶，父亲突然"嘻"的一笑，脖子一歪，走了——就像他二十五年前那场神秘的出走一样。

礼　物

　　相好从海边城市回来后来电话，说她给我买了一双皮鞋做礼物。我说，你自己玩好就行了，还买啥礼物。她说，心意呗。并让我回小城时到她妹妹那儿去取。

　　回城后，相好的妹妹来电话让我去取东西。

　　走到路上，我开始盘算怎样向老婆撒谎，说自己买的，还是说某个男友送的？

　　取了东西往家里走，我将包裹打开，一层又一层，哪有皮鞋的影子啊，撕掉最后一张纸后，原来只是一双鞋垫。

　　我自嘲地笑起来。我坐在路边，将自己的旧鞋垫取出丢掉，把她的鞋垫装进去，然后，一身轻松地回家了。

　　我说谢谢你的皮鞋。

　　她在电话那头哈哈大笑。

　　我说你真是个疯婆子。

　　她笑得更开心了。

　　我问他，你知道人家送鞋垫是什么意思吗？看你得意的样子。

　　有啥意思？

你只是她垫在脚下的东西。

他的脸色变了。

我赶紧说，我只是开玩笑罢了。

偷　情

　　老婆光着身子坐到门口来了，她似乎饿得厉害，只顾埋头吃饭。我想，一大家子人睡一屋，她怎么能这样无所顾忌呢？这时候，我见弟弟进来了。我对老婆说有人来了，你赶紧去穿衣。她却不动声色：有啥子嘛？并不起身，也不躲避。我从心里隐隐升起怒火。弟弟见大嫂如此情形，赶快将头扭向一边，侧身而过。

　　然后，我和老婆回到铺在地上的被褥里睡觉。不久，大家纷纷起床。我仍赖在床上，不想起身。当我从被子里抬头向门口望去时，猛然见到一男人在老婆的屁股上用力一拍，只见老婆回首粲然一笑，双眸相对闪烁流情，那种暧昧表露无遗。我的内心被一支箭射中一般，揪心一疼。我立即起身追到门口。老婆和男人的身影消失了。我愤恨地向北边追去，走过了一段又一段村道，见到了一拨又一拨人，一路搜索一路打听，都说没有见到她。终于看到一个跟老婆在一起的女人，我攥紧她的手腕，对她拳打脚踢。我说都是你害了她，是你将她带坏了。她一边躲闪一边喊冤，说虽然是带了她，但是是她自己那样的，不能怪她。想想也是，还不是她自己的事！可是，怒火无处发泄，我依然将气焰喷向她。这时，那女人的父亲冲了出来，他一把逮住我胯下的致命物，喊道：你住手！我想逃走，但他不放手，还将一根铁丝捅到我的胸口上。

再回到屋里，遇到弟弟、二姨等，他们都以同情的眼光看着我。弟弟问：没找到吗？我痛苦地摇头。大姨说：你终于晓得了也好。言外之意是他们早就清楚老婆对我的不忠，只是不忍心告诉我罢了。弟弟说，你别闹了吧，你看家里来了客人，等客人走了再说。我哪能强装欢笑？我才不在乎呢！我逼问那两个想躲闪我的人，那两个女孩终于说老婆躲藏在南边城市的第三孔桥下。我向窗外望去，城市一派通明灯火，那水泥桥从定曲河上架过，一直伸到城市的南门口。

我愤愤地想：啊啊，这个骚婆娘，原来你说的一切都是假的，是骗人的，你还说啥只爱我一个，你把我当成傻瓜了，我找到你，先要狠狠痛揍，让你记住背叛的下场，再一脚把你蹬掉，你休想再跟我过日子了，你去骚，你去浪荡吧！

我内心在淌血。心脏被爱恨交加的痛楚剜着。

……我咬牙而起，却见自己醒在黑沉沉的夜色中，身边静静地睡着呼噜连天的老婆。

原来是南柯一梦！

我摇醒妻子说，你对我不忠，你真是个骚娘们。

妻子莫名其妙地看着我。并不睁大双眼。

听了我的叙述，妻子开心一笑：你也遭报应啊！这样的梦哪能我一个人做？咯咯……你也有疼痛的时候，活该。

灵语者

    灵语者，该是需要怎样的灵性啊！我在低沉的吟诵声中，让自己沾满世俗尘埃的手轻触那缥缈的河流，那闪着粼粼波光的暗河上，我听到微风又传来奇妙的音乐……

    布珠活佛一再地对侍从说：我在修行时，无论如何你都不要来，知道了吗？侍从对活佛再三的叮嘱觉得有些厌烦了，但是，他还是轻声答道：啦嗦，你放心吧。

    天光一点点暗淡下来。黄昏的天空中飘起细细的雨丝。侍从的担心也跟着一点点滋长起来。活佛从天亮开始到林中密修到现在都不回来，会不会出了什么事？但又想到活佛的叮嘱，便在棚屋里重新把茶热上，口念着经文安心等待活佛的归来。林中，开始有一些鸟儿扑棱棱飞动，空气中弥漫起大地和森林温润的气息。不久，头顶的阴影亮开了，晚霞把天都烧红了，把大地照耀得黄灿灿的。这时，侍者心想着去迎接活佛，便信步向林中走去。当他接近活佛时常在林中禅修的地方时，他突然止住了脚步。他想起活佛的告诫。可是，心中的魔却活跃起来了：活佛不准我上来，到底他是以怎样的方式在禅修呢？是不能言说，还是另有隐秘？

蠢蠢的心欲像沸水般滚沸起来。理智在制止，而好奇却在向前拉扯。在挣扎与斗争中，他悄悄地蹑足前行。当他拨开挡住视野的青冈枝叶时，他看见活佛仍以跏趺状而坐。再细看，活佛闭着眼睛，似乎沉浸在深沉的禅定中，而活佛的头顶上盘着一条白蛇，在双手相叠的怀中睡着一条黑蛇。侍从惊恐得几乎向后倒去。他撒腿向山下跑去。回到棚屋时，他的心仍在怦怦乱跳，全乱了分寸。当他恢复到正常状态时，他想：反正活佛也没有发觉，我就装作什么也不知道的样子吧。然而，坐得越久，内心的忧虑越加多了起来：活佛会不会被蛇咬伤呢？如果咬伤了怎么办啊？那我该如何交代？他时坐时站，在坐立不安中不断地从屋门向外张望。看着天色中黑纱在增厚，他最终又一次向林中慌乱地跑去。

到了偷窥之处，他止住了脚步。他又想起活佛的叮嘱来。他的内心又经历了一番争斗，最终是责任感——他觉得是为活佛的安全负责呢——占了上风。他掀开枝叶，把眼光投向活佛，这时，他看见：头上盘坐的是黑蛇，怀中的蛇已是白蛇。活佛的眼猛然睁开了，向他射出可怕的光芒来，仿佛遇到天塌地陷般灾变才会有那样的神情。他终于感到了严重性。为自己的莽撞和自行其是而后悔和害怕了。他再次像兔子似的狂奔起来。安坐在灶火旁，他想：啊，如果像此刻，我一定让自己的屁股生根，怎么也不让它晃动了。然而，事情已经发生，再也无法补救了。他感到深深的自责，也准备等待活佛的责骂，哪怕是毒打，他都会毫无怨言地承受下去。天暗得没心没肺了，活佛脸色苍白地回来了。他不敢问候，只是低眉顺眼地做着事：拿下茶碗放在面前，舀上热茶，又端出熟食。他安心等着劈头盖脸的一番骂声。活佛只是深叹了一口气，说：啊，你真是个不听话的人，所有的缘起都走了，像风一样走了，再也无法挽回了。侍从的头埋得更低了。他又不敢深究探问。他的内心被各种疑问困扰，却不敢开口，直到活佛圆寂，直到自己最终老得像个核桃壳，他都不曾明白，他只是从活佛的叹息中知道自己坏了活佛禅秘的大事。充满了隐晦秘语的缘起，到底意味着什么，没有人知道。下山后，活佛病了，而且一病不起，最后眉毛脱落，手指弯曲，最后连膝盖都弯得直不起来了，终日瘫睡床上，直到圆寂。村里人与寺院把染了麻风病的活佛的法体倒置，在上面修了一座佛塔。

第二世布珠活佛，年轻时背上生了一个巨大的脓包；第三世，脚下生了一个核桃大小的肉包，肉包灌脓破裂，活佛最终不治而死于此病。

民间传说，活佛的病与龙族有关，与那次的被偷窥与龙族之蛇的隐语有关，好在，龙族之病不断好转，到第五世时，布珠还算健康长寿呢。

莫措活佛说，那胆小的侍从应当在活佛圆寂前问明活佛，说不定也还有挽回的余地。我坦荡敞胸，有些隐语也时常说开。

莫措是在动员佛学院的学僧们在西面的山坡上种遍幼树把山神安抚了时说这番话的。

莫措对着满大殿红艳艳的学僧们说：昨天，我先从经堂里恍然看见外面来了一头白牦牛，可是，到了门口突然变成了一位白发苍苍的老者，手上还拄着一根拐杖呢。他进了屋，愤愤地说我动了他的地盘，不让他安宁，他很不高兴，责怪我将他的神树拔倒了。我立刻向他道歉，请他务必原谅我，说明我要在此修一座大殿。为了补偿神树，我答应他带领僧众在山上种满树木，今天，我们就是承诺这个誓言，请大家务必尽心栽种树木吧，他答应我，如果那样，他便不会与佛学院过不去，占了神树之地，他也不计较了。

僧众们睁大眼睛听着活佛的开示。活佛像是说着与邻居的纠纷与和好之事呢。没有人敢问活佛是真切所见,还是只在梦中与神山神交意会。

从那以后,佛学院蒸蒸日上,再也没有出现某些恶兆和坏运了。满山的青松长得越发葱绿了,僧人们挂在树上的经幡旗语随着绿浪云风哗哗地流动飞扬,而且天地人灵都幻变成了同一张脸,生动而神秘,充满了寓言和灵语……

金 座

　　寺院在风雨中变得更加破败不堪，像一座即将倾倒的土房，一场瞬间降临的雨水都可以将它淹没殆尽；像一朵枯败老朽的花朵，大地或者风尘卷一卷舌头，就可以将它舔舐干净了。月升日落，这贫苦山沟里的泥腿农民眼看着颓然的寺院，灵魂里涌起苦涩的泪水来，而居住在寺里的僧人们夜夜担心的是：寺院倒塌下来，把自己掩没在泥沙之下……

　　这一天，来了一位着异装的人，僧人还在惊诧客人竟然来到这么偏远的地方，一走近却发现是村子里几年没回故乡远在京城工作的阿登。僧人们欢喜地包围了他，问长道短，还把他请进堪布的僧房里喝茶。临走时，堪布请阿登帮助找到一位修葺寺院的施主，寺院的处境正岌岌可危呢，这也是积德，是帮助乡人啊！阿登满口答应了。僧人们也没太在意他的允诺，就像阳光有时突然变得耀眼、光彩夺目令人眯缝上双眼，但是眼睛很快适应后，一切顺其自然和安宁了一样，没有谁把阿登和他的允诺当一回事。然而，谁也没有料到，不久，一股风漫天而起，把人都能吹走呢，当狂风远去，张开双眼时，寺院已经走上了一条不归的旅途——这当然是比喻——而且，随之而来的奇迹令人炫目地降临了：

第二年开春，阿登带来了一位老施主，她头发斑白，柔软无骨的手上缠着一串象牙佛珠，嘴里不停地念诵"阿弥陀佛"，走路轻巧无声。他们双手合十迎接她，老堪布有些老眼昏花了，好半天才看清女施主的左眼里有一点白斑，双眼一高一低，有点斜视。但是令他们惊讶的是，这样一个平常的妇人一开口就是三十万元——当然，这是阿登说的，因为他们谁也不懂得汉语。两天之后，阿登和妇人坐着一辆小车走了，阿登说老施主很快就会带着现金来。他们走了之后，年轻僧人们说了一些怀疑的话，堪布严厉瞪眼，他们便也作鸟兽散回到各自的小僧房了。老堪布的想法是：一切都用时间去验证吧，哪能在别人背后说坏话呢？可是，他自己心里也禁不住生发起丝丝缕缕不安的情愫来。他知道：那也叫疑心。堪布以有力的诵经声驱散那些可怕的想法。日子回到平淡的轨道上来了。不久，那位施主来了——虽然阿登保证说这是一个很有钱的财主，但僧人们并没有觉得有啥异样，从妇人的穿着到神态言行，都没有出类拔萃之处。然而，如同彩霞满天彩虹当顶，事情陡然间轰轰烈烈地发生了。先是让老堪布到乡政府去接长话，说是阿登有紧急的事情。接着，堪布又喜又为难地召开僧众会议。原来，喜的是阿登已经拿到施主的三十万元现款了，他们很快要起程了；为难的是施主要求吹号熏烟献哈达以隆重之礼迎接她。这倒也罢了，让堪布又惊又怕的是：施主要求寺院为她搭置一座象征性的金座，而且平放在活佛的坐床边。这不啻于一声惊雷，把老堪布完全怔住了。他半天无语，最后在电话里回复说他一人不敢做主，他得与全体僧人商量。堪布一说此事，寺院里像是发生了地震，僧众惊魂不定，躁动不安的呼吸声像是点燃的火药，人人变得气紧火爆。"吵架"开始了——那真是吵架呢，你无法叫争论。结果是，一方坚决反对设置所谓的金座，另一方人认为反正为了寺院设一个假坐床有啥关系，我们苦巴巴不

229

是盼望着寺院能重修吗？这次放弃了巨款，谁还会来这么偏远的地方帮助咱们?！三十万，那可是从来没见过的巨款！当天没有结果，第二天，继续火爆爆地争吵，最终金钱和金钱背后日夜渴盼的金碧辉煌的新寺之梦把人心诱惑和收买了。堪布像是走过一条长旅，作出那决定后从座位上起身都变得困难了。汗水层层浸涌，脸上是欲哭无泪的表情。回话是让一位年轻僧人去办的。那个小僧人是个"灵活派"：只要寺院得利，做做游戏满足一下施主的心意有啥关系呢——所以，他在僧裙中兜着风跑得飞快，像是怕巨款不翼而飞似的。

那一天是整个河谷的重大节日。人们持着哈达站在路旁迎接大施主，桑烟浓浓地飘浮向云端，当几辆车子来到路口时，长号短号唢呐声嗡嗡轰轰响起来，车行至门口，堪布捧着哈达双手呈上，女施主容光焕发，回赠哈达。进到寺院里，施主被人引着走到铺着黄绸缎的高座上去了，俗人们也争相拥了进来，扛着摄像机的人屁颠屁颠地跑着，当施主高高坐在金座上时，有人将手中的灯撤亮高举起来，耀目的光立时把寺院的深宫都照亮了。哦，原来是个堪卓（空行母）。不知是谁最先说出的，很快这话像风一样传遍了人群；不知是谁最先磕头的，人们蜂拥进大殿，一个接一个争相磕头而拜。让僧人们始料不及的是，奇迹即刻发生了：很多人冲向坐床时，女施主为他们摸顶了。菩萨啦，这成啥了？老堪布要晕倒了。那扛着机器和举着亮度很强的灯光的人面对众人时而站起来时而屈下膝盖弯着腰拍摄——当然村人和僧人都不曾搞懂在做什么。人群还在不断往前拥动，把大门都要挤破了。堪布怒吼的声音无力，被躁乱的众人声息淹没了。堪布瘫在坐垫上……僧人们大惊失色地看着眼前一幕幕闹剧，却没有力量扭转局面了。他们听任心脏混响和乱七八糟的声音，听任魔鬼的巫术华丽上演……

寺院得到了三十万元。女施主兴奋得哇啦哇啦说个不休。可是僧人都不懂什么意思。阿登翻译说，女施主要放生一百头牦牛，让牧人们立刻赶来，每头两千元。人们奔走相告，说空行母如何了得如何慈悲救度众生。当村人好不容易凑够一百头牦牛，当一百头牦牛黑压压地赶向山野时，那场面是多么壮观啊！男人们大呼小叫，吹口哨，吼叫，女人们唧唧喳喳，像一只只欢喜唱歌的麻雀。当然，随施主来的人不忘摄下这些场景。

许多年以后，有人发现沿海的城市里到处卖着一位女活佛的光碟，他觉得似曾面熟，便买回家去看，最终认出就是那位给家乡寺院捐巨款的施主。他还在画面中认出了许多村里人，他们争相在磕头，只是令他感到纳闷儿的是：不知道女施主怎么转眼间变成了被西藏寺院认证坐床的活佛。更让他难以相信的是：阿登明明说捐了三十万元，碟片中说坐床时女活佛带去了四十万元善款？难道其中还有什么隐情？阿登？脑袋里一闪过这个念头，连他自己都禁不住害怕地打起寒战来。如果……他不敢再想象下去了。

那人回到家乡时，堪布已经圆寂，说老人突然得了某种疾病吐血而亡的。他看见：乡野的寺院正在一天天变得富丽堂皇了。问起阿登，说他多少年没有回家了。又听说有人在成都遇见那个去回话的小僧人，被几个人相拥着，像个活佛，匆匆走在人群中……